国际大奖小说
意大利图书馆推荐读物

孤岛上的23堂写作课

LE 23 REGOLE PER DIVENTARE SCRITTORI

［意］帕多文尼高·巴卡拉里奥 著
［意］亚历山德罗·加蒂
张皓舒 译

天津出版传媒集团
新蕾出版社

图书在版编目 (CIP) 数据

孤岛上的23堂写作课 /(意) 帕多文尼高·巴卡拉里奥, (意) 亚历山德罗·加蒂著; 张皓舒译. -- 天津: 新蕾出版社, 2019.9(2025.2 重印)
(国际大奖小说)
ISBN 978-7-5307-6887-7

Ⅰ.①孤… Ⅱ.①帕… ②亚… ③张… Ⅲ.①儿童小说-中篇小说-意大利-现代 Ⅳ.①I546.84

中国版本图书馆 CIP 数据核字(2019)第 164274 号

Written by Pierdomenico Baccalario and Alessandro Gatti
Copyright © 2016 Book on a Tree Limited
A story by Book on a Tree
www.bookonatree.com
© 2016 Mondadori Libri S.p.A., Milano for the interior illustrations by Lucia Calfapietra and Nicolò Giacomin
The Simplified Chinese edition is published in arrangement through NiuNiu Culture
Simplified Chinese translation copyright © 2019 by New Buds Publishing House (Tianjin) Limited Company
ALL RIGHTS RESERVED
津图登字:02-2018-120

书　　名	孤岛上的23堂写作课 GUDAO SHANG DE 23 TANG XIEZUO KE
出版发行	天津出版传媒集团 新蕾出版社
	http://www.newbuds.com.cn
地　　址	天津市和平区西康路35号(300051)
出 版 人	马玉秀
电　　话	总编办(022)23332422 发行部(022)23332351　23332677
传　　真	(022)23332422
经　　销	全国新华书店
印　　刷	天津新华印务有限公司
开　　本	880mm×1230mm　1/32
字　　数	65千字
印　　张	7
版　　次	2019年9月第1版　2025年2月第14次印刷
定　　价	25.00元

著作权所有,请勿擅用本书制作各类出版物,违者必究。
如发现印、装质量问题,影响阅读,请与本社发行部联系调换。
地址:天津市和平区西康路35号
电话:(022)23332677　邮编:300051

一辈子的书

◎梅子涵

◆亲近文学◆

　　一个希望优秀的人,是应该亲近文学的。亲近文学的方式当然就是阅读。阅读那些经典和杰作,在故事和语言间得到和世俗不一样的气息,优雅的心情和感觉在这同时也就滋生出来;还有很多的智慧和见解,是你在受教育的课堂上和别的书里难以如此生动和有趣地看见的。慢慢地,慢慢地,这阅读就使你有了格调,有了不平庸的眼睛。其实谁不知道,十有八九你是不可能成为一个文学家的,而是当了电脑工程师、建筑设计师……可是亲近文学怎么就是为了要成为文学家,成为一个写小说的人呢?文学是抚摸所有人的灵魂的,如果真有一种叫作"灵魂"的东西的话。文学是这样的一盏灯,只要你亲近过它,那么不管你是在怎样的境遇里,每天从事怎样的职业和怎样地操持,是设计房子还是打制家具,它都会无声无息地照亮你,使你可能为一个城市、一个家庭的房间又添置了经典,添置了可以供世代的人去欣赏和享受的美,而不是才过了几年,人们已经在说,哎哟,好难看哟!

谁会不想要这样的一盏灯呢?

◆阅读优秀◆

文学是很丰富的,各种各样。但是它又的确分成优秀和平庸。我们哪怕可以活上三百岁,有很充裕的时间,还是有理由只阅读优秀的,而拒绝平庸的。所以一代一代年长的人总是劝说年轻的人:"阅读经典!"这是他们的前人告诉他们的,他们也有了深切的体会,所以再来告诉他们的后代。

这是人类的生命关怀。

美国诗人惠特曼有一首诗:《有一个孩子向前走去》。诗里说:

> 有一个孩子每天向前走去,
> 他看见最初的东西,他就变成那东西,
> 那东西就变成了他的一部分……

如果是早开的紫丁香,那么它会变成这个孩子的一部分;如果是杂乱的野草,那么它也会变成这个孩子的一部分。

我们都想看见一个孩子一步步地走进经典里去,走进优秀。

优秀和经典的书,不是只有那些很久年代以前的才是,只是安徒生,只是托尔斯泰,只是鲁迅;当代也有不少。只不过是我们不知道,所以没有告诉你;你的父母不知道,所以没有告诉你;你的老师可能也不知道,所以也没有告诉你。我们都已经看见了这种"不知道"所造成的阅读的稀少了。我们很焦急,所以我们总是非常热心地对你们说,它们在哪里,是什么书名,在哪儿可以买到。我就好想为你们开一张大书单,可以供你们去寻找、得到。像英国作家斯蒂文生写的那个李利一样,每天快要天黑的时候,他就拿着提灯和梯子走过来,在每一家的门口,把街灯点亮。我们也想当一个点灯的人,让你们在光亮中可以看见,看见那一本本被奇特地写出来的书,夜晚梦见里面的故事,白天的时候也必然想起和流连。一个孩子一天天地向前走去,长大了,很有知识,很有技能,还善良和有诗意,语言斯文……

同样是长大,那会多么不一样!

◆自己的书◆

优秀的文学书,也有不同。有很多是写给成年人的,也有专门写给孩子和青少年的。专门为孩子和青少年写文学书,不是从古就有的,而是历史不长。可是已经写出来的足以称得上琳琅和灿烂了。它可以算作是这二三百年来我们的文学里最值得炫耀的事情之一,几乎任何一本统计世纪文学成就的大书里都不会忘记写上这一笔,而且写上一个个具体的灿烂书名。

它们是我们自己的书。合乎年纪,合乎趣味,快活地笑或是严肃地思考,都是立在敬重我们生命的角度,不假冒天真,也不故意深刻。

它们是长大的人一生忘记不了的书,长大以后,他们才知道,原来这样的书,这些书里的故事和美妙,在长大之后读的文学书里再难遇见,可是因为他们读过了,所以没有遗憾。他们会这样劝说:"读一读吧,要不会遗憾的。"

我们不要像安徒生写的那棵小枞树,老急着长大,老以为自己已经长大,不理睬照射它的那么温暖的太阳光和充分的新鲜空气,连飞翔过去的小鸟,和早晨与晚间飘过去的红云也一点儿都不感兴趣,老想着我长大了,我长大了。

"请你跟我们一道享受你的生活吧!"太阳光说。

"请你在自由中享受你新鲜的青春吧!"空气说。

"请你尽情地阅读属于你的年龄的文学书吧!"梅子涵说。

现在的这些"国际大奖小说"就是这样的书。

它们真是非常好,读完了,放进你自己的书架,你永远也不会抽离的。

很多年后,你当父亲、母亲了,你会对儿子、女儿说:"读一读它们,我的孩子!"

你还会当爷爷、奶奶、外公和外婆,你会对孙辈们说:"读一读它们吧,我都珍藏了一辈子了!"

一辈子的书。

目录

- 001 | 序之序
- 003 | 序
- 018 | 第一件物品　一面袖珍镜子
- 025 | 第二件物品　一张奇怪的纸
- 032 | 第三件物品　一副没有镜片的眼镜
- 042 | 第四件物品　一张黑白的班级合照
- 050 | 第五件物品　一个玩具士兵
- 059 | 第六件物品　一本空白的护照 
- 070 | 第七件物品　一把老式步枪的瞄准镜
- 077 | 第八件物品　两朵缠绕在一起的花
- 085 | 第九件物品　一张纸质游戏棋盘
- 094 | 第十件物品　一枚两面都是正面的硬币

102	第十一件物品	一个金色的小相框
108	第十二件物品	一幅袖珍的威尼斯地图
115	第十三件物品	一张去北极的船票
124	第十四件物品	两根网球鞋的鞋带

131	第十五件物品	一本简易词典
138	第十六件物品	一个漂亮的蓝天鹅绒匣子
147	第十七件物品	一本记事簿
157	第十八件物品	一袋猫舌饼干

168	第十九件物品	一张45转的唱片
175	第二十件物品	一把折叠小刀
186	第二十一件物品	一把指甲锉
195	第二十二件物品	一张空白的标签贴
203	第二十三件物品	一件难以解读的奇怪物品

人物介绍

吉尔达·朗比科迪

　　本书主人公，一位梦想成为作家的小女孩

阿尔图诺·费里尼

　　著名作家

乔费德里克·斯拉卡巴尔迪

　　著名作家

埃瓦里斯通·朗比科迪

　　吉尔达的叔公，神秘盒子的主人

安瑟默先生

　　朗比科迪旅店的店主，吉尔达的父亲

序之序

通常情况下，一本书是不会有"序之序"的，不过这本书并不是一本普通的书：这是费里尼和斯拉卡巴尔迪两位老作家写给年轻小作家们的教科书。

这本正被你们捧着阅读的书，原本是随一封信一道寄来我们出版社的。不过遗憾的是，在某个狂风大作的下午，因为编辑部的窗户大开着，那封信在一片混乱之中不慎遗失了。两位作家在得知此事之后，告诉我们信的内容大致是这样的：

尊敬的主编先生：

　　这是我们最新的作品。(可真不容易呀！)这是一本独一无二的教科书，是写给梦想成为作家的年轻人的。应我们的小助手吉尔达·朗比科迪的要求，我们恳请你们能够原原本本地按照这本书在交付给你们时的模样印刷。

　　又及：如果有改动的话，你们要把改后的版本拿给我看，明白吗？——吉尔达

序

这篇序言将会讲述两位作家是如何同小吉尔达相遇,以及他们是如何得到那个不可思议的盒子和藏在盒子里的各种奇妙物品的。

一切都源于一场古怪的会议。阿尔图诺·费里尼和乔费德里克·斯拉卡巴尔迪在互不知情的情况下,同时收到了来自会议主办方的邀请。费里尼和斯拉卡巴尔迪两人都是作家,而这两位老朋友已经有很长一段时间没有见过面了。

"瞧瞧这是谁!"在人群中看到老朋友费里尼那乱糟糟的头发,斯拉卡巴尔迪率先叫了出来。

"斯拉卡巴尔迪老兄!"费里尼一边回答,一边露出一个大大的笑脸,"哦,当然了!怎么可能会少了你呢!"

两个人紧紧地拥抱在一起,就像他们很多年没见过面了似的。(事实上也的确如此。)

"嗯……这次会议的主题是'短篇小说与长篇故事两者之间的差别'。这么一看,如果不邀请我们,他们还能邀请谁呢!"

"除了我们,又有谁会接受邀请呢!"

在他们眼前,目之所及只有湛蓝的海面。他们转过身,映入眼帘的是一片繁茂的植被和一栋看起来似乎不太稳固的小别墅。他们受邀参加的会议将在这栋别墅的图书馆里举行。

尽管举办这场会议的意义还有待商榷,乐观的主办方还是煞费苦心地张贴出了会议的宣传海报。不过,此刻贴着海报的黑板正被风吹得不断晃动,啪啪地拍打着别墅入口处的墙壁。

"我是为了参观这座小岛才接受了邀请。"斯拉卡巴尔迪说。

"我是看了《梅瑟贪吃嘴指南》后决定的。上面说这座岛上只有一家餐馆,还是半旅店式的,却给了它三颗星的评价!"

"这可真是一个好消息。不过,你觉得真的会有人来听这场会议吗?"

"我很怀疑,斯拉卡巴尔迪老兄。但是我希望没什么人,因为我根本就没想好要讲些什么。"

"得了吧!你怎么可能会有词穷的时候?"

他们就这么聊着,走进了会议大厅。不过严格说来,这个大厅并不能算是一个真正的大厅,这场会议也算不上一场真正的会议。阿斯托法兹教授是第一个发言的人,他使用了一大串华丽的辞藻,竭尽所能地想要引发来宾的共鸣。可是来宾们的注意力已经完全被大厅另一端那张摆放着各色小吃、饮料和彩色玻璃酒杯的餐桌给吸引了。

或许是因为意识到自己并不是众人关注的中心,或许是出于别的我们不知道的原因,在结束了长篇大论后,阿斯托法兹教授宣称他必须立刻赶回城里,因为他还有很多工作亟待完成。他十分生硬地向在场的嘉宾们致了歉,又朝摆满小吃的餐桌投去了轻蔑的一瞥。接着,这位杰出的学者就迈着大步走出了大厅,乘坐最近的一班渡轮离开了小岛。

　　费里尼和斯拉卡巴尔迪都暗自松了一口气。他们也相继上台,虽然发言并不如阿斯托法兹教授那般慷慨激昂,却足够简短,这无疑赢得了在场寥寥无几的来宾的好感。在对他们报以真挚热情的掌声之后,来宾们立刻扑向了大厅另一端的餐桌,开始大快朵颐,享用起了橄榄、乳酪、咸饼干和香槟酒……

　　就这样,在面包棍和刺山柑搭配的美妙滋味中,窗外的天色变得越发阴暗。就在众人享用开胃菜时,一道闪电突然划过了天空。

　　"哦,费里尼……虽然这些乳酪让人飘飘欲仙,但是恐怕我们该离开这里了……"

　　"我觉得你可能有点儿太乐观了,斯拉卡巴尔迪……"费里尼回答道。

　　其实在第一声闷雷炸响时,图书馆的大厅就立刻变得空荡荡了。来宾们狼吞虎咽地将餐桌上的食物一扫而空,纷纷奔回了自家的后院,收拾起花园里一切需要收拾的东西(靠垫、座椅、撑着的太阳伞等)。随着时间的推移,一开始零星洒下的雨点慢慢变成了瓢泼大雨。

"我很抱歉,不过暴风雨就要来了……"瘦瘦高高的图书管理员回到大厅,对两位作家说道。他刚才出去抢救放在室外的自行车了,整个人湿淋淋的。"而且这场暴风雨还是'恶风',我们岛上都这么叫它。这种暴风雨不仅势头猛,持续的时间还很长!"

"所以?"费里尼听起来就像面临生死存亡似的。

"所以,在'恶风'来临的时候,很长一段时间都不会有渡轮出海了。"图书管理员回答。

"哦,我的天……"斯拉卡巴尔迪目瞪口呆地说,"看来还是阿斯托法兹有先见之明!"

费里尼夸张地摇了摇头:"以我这辈子的经验来看,阿斯托法兹就不可能做出对的事来,绝不会!不过话说回来,我们现在该怎么办?"

"先生们,我想你们恐怕得在朗比科迪旅店留宿一晚,然后搭乘明早的渡轮回去了。"图书管理员摊了摊手。

"明天早上?"两位作家叫了起来。接着他们对望了一眼,不由得想到了自己那总是吵闹不已的家人,让人厌倦又乏味的委托,以及怎么也做不完的工作……

"太棒了!"两个人齐刷刷地大声说道。

"不过有一个条件!"斯拉卡巴尔迪说,他一把拽住了图书管理员的胳膊肘儿,"那个朗帕斯第,或者叫什么别的名字的旅店,他们那儿有没有电视机?"

"哦,对了!"费里尼立刻附和道,"今晚有国家杯的比赛!"

那位不管是费里尼还是斯拉卡巴尔迪都没能记住名字的图书管理员,再三保证和发誓说绝对有电视机,不过为了让两位作家放心,他还是给旅店打了电话,询问是否能在那里收看到转播国家杯的电视频道。旅店的主人安瑟默先生表示他们的电视机性能良好,并告诉管理员他会立刻派人来图书馆接两位客人。

为了消磨时间,费里尼和斯拉卡巴尔迪一边谈论着临近的比赛,一边品尝着剩下的香槟酒,直到他们听到一个声音从大门的方向传来:

"那个,打扰一下……"

两位作家惊愕地对视了一眼。

"我是不是酒喝得太多,所以有些迷糊了?我刚才好像看见……"费里尼开了口。

"……一把巨大的、会说话的红色雨伞?我也看到了!"

斯拉卡巴尔迪说。

图书馆的大门外冒出了一把草莓色的大伞，一阵轻笑声正从伞下传来。

"你们应该就是那两位作家了！"是一个小女孩的声音。她踏着台阶走了上来，她的身影也渐渐从伞下露了出来。

"是的。你是谁？"斯拉卡巴尔迪问。

"我叫吉尔达，我来接你们到我父母的旅店去。"小女孩回答道。她十分瘦小，有着一头栗色的头发和一双浅褐色的大眼睛。此刻她正疑惑地打量着眼前这两位奇怪的客人。

"很高兴认识你，吉尔达。"斯拉卡巴尔迪说道，他微微欠了欠身。

"更高兴的是，这把巨大的伞能遮住我们三个人。这雨实在是太大了。"费里尼补充道，他还看了一眼乌云密布的天空。

就这样，他们告别了图书管理员，钻到小吉尔达撑着的大伞下，朝着旅店出发了。

三个人在雨幕中前行,他们沿着斜坡往高处走去。在道路的一侧,立着一堵长满常春藤的石头墙。

吉尔达一直打量着这两位客人。终于,她觉得是时候开口了。

"你们写什么?"

"故事。"一位作家说。

"给孩子们的故事。"另一位补充道。

"嗯……就像《小红帽》那样的?"

斯拉卡巴尔迪忍不住笑了:"或许今天过后,我们会写一个大红伞的故事!"他一边说,一边指了指那把保护他们免受雨水之灾的大伞。

"那是什么样的故事?"吉尔达追问道。

"三个奇怪旅行者的历险故事。他们挤在一把大红伞下,在一座总是下雨的小岛上溜达。"费里尼回答。

吉尔达咬着嘴唇,似乎是在思考这个点子。

"嗯……不坏,至少比《小红帽》要好!"

"怎么了,《小红帽》有哪里不对吗?"斯拉卡巴尔迪问道。这时,天边传来了一阵轰隆隆的雷声。

"谁会蠢到把一只狼看成自己的外婆?"吉尔达回答

道,她重重地摇了摇长着栗色头发的脑袋。

费里尼和斯拉卡巴尔迪笑出了声。

"说得对。"费里尼赞同地说道,"或许你可以考虑当一名作家。"

小女孩瞪大了眼睛,她看着费里尼。

"我妈妈也经常这么说!她说我和埃瓦里斯通叔公一样……他就是一名作家!阁楼上还有一个他留下来的盒子……"

吉尔达正说到一半,她的父亲安瑟默就撑着伞匆匆地跑了过来。他是来迎接客人的。

"欢迎来到朗比科迪旅店!"他说,"暴风雨越来越大了,我们还是抓紧点比较好!"

听了安瑟默先生的话,一行人加快了脚步,踏上了一条砾石小路。

出现在视线中的旅店是一幢浅黄色的、有些年头儿的老屋。旅店背靠着小山丘,距离海岸并不太远。两棵巨大的棕榈矗立在花园的入口处,就像两名卫兵在守护着花园里的花草,确保它们不受外人的骚扰。

两位作家心情愉悦:厨房里飘来可口食物的香味,而

在不远的地方,电视播音员正滔滔不绝地介绍着几分钟后即将上场比赛的球队阵容。

费里尼和斯拉卡巴尔迪走进地板咯吱作响的小客厅,来到了旅店里唯一的一台电视机前。就像之前向他们保证的那样,电视机已经打开了,正播放着国家杯的比赛,虽然画面有些抖动。

一切都很完美,直到比赛进行到上半场的第三十一分钟,在一次快速反击中……啪,突然停电了!

四周陷入一片黑暗,费里尼和斯拉卡巴尔迪忍不住咒骂了一声。为了不打扰两位作家,吉尔达一直待在客厅的角落里,这时她才开了口:"真是一次快如闪电的进攻,不是吗?"

两位作家甚至都没有留意到她说的话。

"安瑟默先生!电呢?电视呢?比赛呀!"他们在黑暗中吼叫着。

"'恶风'来的时候,经常会像这样停电的!"吉尔达又说道。

"那你们遇到这种情况怎么办?"

"我们会等着来电,不然还能做什么?"

费里尼和斯拉卡巴尔迪不由得咬牙切齿地咒骂起来。

很快,旅店主人安瑟默先生就拿着几支蜡烛过来了,他不停地向客人们道歉。可是蜡烛散发出来的光让客厅里的气氛变得更加阴郁了。

"看得出来,这将是一个漫漫长夜……"费里尼喃喃地说道。

坐在他身边的斯拉卡巴尔迪像是泄了气的皮球,沮丧地叹了一口气。

此时,寂静的旅店里回荡着有人踩着楼梯上下跑动的脚步声。过了一会儿,吉尔达重新出现在两位作家面前,她的手里捧着一个盒子。盒子很旧,是金属材质的,漆着比之前吉尔达来接他们时撑着的那把伞还要红的大红色。

"就是这个!"吉尔达说。

费里尼和斯拉卡巴尔迪瞪大了眼睛,不解地望着她。

"就是我之前和你们说过的那个盒子呀,埃瓦里斯通叔公的盒子。"

"哦,对,你家里的那位大作家!"费里尼回答道,他想起不久前吉尔达确实提到过这件事。

没有足球赛可看,斯拉卡巴尔迪便仔细地研究起这个盒子来。他发现盒盖上贴着一张标签。

"这个盒子里装着成为作家的全部必需品。"斯拉卡巴尔迪读道。他和费里尼好奇地对望了一眼。

盒子外挂着一把锁,这无疑又给盒子增添了一丝神秘。那是一把密码锁,有四个并排的小滚轮,这意味着需要一个四位数字的密码。

"我试了不知道多少次,可就是没办法打开它……天知道叔公为什么要弄一把这么可恶的锁!"吉尔达闷闷不乐地说。

"可能是为了增加一点儿神秘效果,也有可能是为了确保这个盒子只能被那些真正感兴趣的人打开。"费里尼推测道。

"我们来看看……"斯拉卡巴尔迪挠着下巴,"四位数……你叔公是哪一年出生的?"

"1924。"吉尔达毫不犹豫地回答道,"已经试过了,但是没用。"

斯拉卡巴尔迪的好奇心被彻底调动了起来,他拿过盒子,非常仔细地检查着。

"看这儿!"过了一小会儿,他突然说道。

斯拉卡巴尔迪用食指指着盒底的一角。在那里,有人用针尖在红色的漆面上刻了几个字母。

"Scheherazade?"吉尔达疑惑地读道,"我之前也看到过这个,但是不知道究竟是什么意思。"

"嗯……这是《一千零一夜》里女主角的名字①。"费里尼捻着胡子说。

"对!没错!"斯拉卡巴尔迪高兴地叫道,"'1001'应该就是密码了……这个埃瓦里斯通叔公真是太狡猾了!"

吉尔达激动得跳了起来,她一把抓过盒子,手忙脚乱地摆弄起那个小小的密码锁来。

1……0……0……1!

一声咔嗒的轻响过后,锁弹开了。

"成功了!"

吉尔达高兴极了,她迫不及待地打开了盒子,而费里尼则取来一支蜡烛,将蜡烛凑近了盒子。烛光下,他们看见盒子里装着一大堆奇怪的小东西。

吉尔达的眼睛就像黑夜中的星星一般闪亮,她立刻将

---

①阿拉伯民间故事集《一千零一夜》的女主角山鲁佐德,原文为"Scheherazade"。

手伸进盒里,从里面取出一件物品。那是一副眼镜,镜框看起来古怪至极。

"嘿,你们瞧!"吉尔达指了一下挂在眼镜腿上的、已经发黄了的标签。标签上写着一个阿拉伯数字"3"。

三人又打量了一番盒里的东西,他们发现里面的每件物品都被编上了号码。

"依埃瓦里斯通叔公所说,这些东西就是想成为一名作家的必需品了。"费里尼打趣道。

吉尔达在盒子里翻找,她在找那件标着数字"1"的物品。一找到那件东西,她就激动得叫了起来:"就是它!"

费里尼和斯拉卡巴尔迪惊讶地看着那件东西。

就这样,那个神秘的红色盒子,以及它里面装着的奇怪物品,让两位作家彻底把他们的足球比赛抛到了脑后。

"一切从写作的人开始,也就是……从你开始!"

第一件物品

一面袖珍镜子

"这面镜子真不赖!"吉尔达一边说,一边观察着镜子里的自己,"可这到底有什么含义?"

"绝妙的问题。"费里尼说着接过镜子,也学着吉尔达的样子照了起来。

"你怎么看?"接着,他把镜子递给了斯拉卡巴尔迪。

"让我们试着想一想……"斯拉卡巴尔迪慢吞吞地说道,"一般我们用镜子来做什么?"

吉尔达立刻就给出了答案。

"用来照自己的脸。"

"没错。我们用镜子来观察自己的模样,看看眼睛、耳朵、嘴巴的形状,还有鼻子。"

"对,对我来说,尤其是鼻子。"费里尼在一旁说道,同时指了指他那醒目的大鼻子。

"是的。"斯拉卡巴尔迪继续说了下去,现在的他已经越发确信自己的观点是正确的了,"不管我们喜不喜欢,镜子都会反映出我们最真实的样子,也就是别人眼里看到的我们的模样。"

"所以你们的意思是,要成为一名作家,首先得知道自己的脸长什么样?"吉尔达总结道。

"嗯,从某种意义上来说是这样……"费里尼沉吟着,他开始隐约觉得自己明白埃瓦里斯通叔公的用意了,"吉尔达,关键在于,在你开始写作前,或者说在你开始做任何事情之前,你都应该问问自己知道些什么。而你头脑里储备的知识,其实都来源于生活中你每时每刻的思考和感悟……"

"我现在的感悟是开心!因为我从没想过能打开这个盒子!"吉尔达热切地盯着盒子说道。

"没错,就是这样。你需要弄明白自己究竟对什么事情感兴趣,比方说什么东西会让你觉得不可思议,什么东西会让你感到害怕,等等。而这些事,你都应该在开始写作前想清楚。"

斯拉卡巴尔迪认同地点了点头:"顺着这个思路思考,我们就触及了这件东西重要的另一面……"

说到这里,斯拉卡巴尔迪用了一个戏剧性的动作,他将镜子翻转了过来:"因为在镜子背面,埃瓦里斯通叔公告诉我们他还有些别的用意。吉尔达,你能读一读上面写的内容吗?"

吉尔达点了点头,她接过镜子,读了起来:"第一,钓鱼;第二,阿加莎[①];第三,国际象棋。"

斯拉卡巴尔迪微笑着问道:"你知道为什么埃瓦里斯通叔公要写下这几点吗?"

吉尔达苦恼地扮了个鬼脸:"爸爸说叔公有点儿……"她没有用一个具体的词语来说明,而是暗示般地用食指点了一下太阳穴。

"谁知道呢,或许他说得有道理……"斯拉卡巴尔迪笑

[①] 阿加莎·克里斯蒂,英国女侦探小说家、剧作家,代表作有《无人生还》《尼罗河上的惨案》等。

了,"不过,你的叔公应该是一个非常聪明的人。"

吉尔达似乎在努力说服自己认同斯拉卡巴尔迪的观点,她将目光重新投向镜子的背面。

"第一,钓鱼。"她再次读道。

"这是一项简单又怡人的运动……当然,如果你喜欢钓鱼的话。"斯拉卡巴尔迪说,他特意强调了最后几个字。

"哦,妈妈那里有叔公在海边钓鱼的很多照片。"吉尔达立刻告诉两位作家。

费里尼打了个响指:"这就对了!这是他的爱好清单!"

"正是如此,而且这个客厅也向我们证实了这一点。"斯拉卡巴尔迪赞同地说道。他意味深长地微笑着,打量着四周,费里尼和吉尔达也模仿着他,环顾起客厅。

客厅里仅有的光源来自那几支蜡烛,这些蜡烛的烛光被钻进屋里的风吹得不断晃动,不过即便如此,他们还是能够看清屋里的一部分陈设:挂在墙上的垂钓纪念品、摆放在客厅一角的棋盘以及一个放满书的书架。从那一排柠檬黄色的书脊上不难看出,那些书应该都是同一个系列的。吉尔达飞快地察看了一下,她立刻就意识到两位作家的推断是正确的:这些书都是阿加莎·克里斯蒂的侦探小

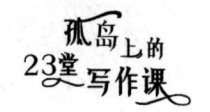

说,很显然,也是埃瓦里斯通叔公最喜爱的读物。

"那么问题来了,"斯拉卡巴尔迪拍了一下大腿,"吉尔达,你觉得你叔公列出这张清单的用意是什么?"

"对于一个作家来说,他自己的喜好很重要?"吉尔达皱了皱眉头,回答道。

"正是如此。"费里尼赞同地说,"你的喜好就像是指南针,这个指南针可以帮助你找到那些你真正想要写下来的东西。"

练 习

请你准备一个笔记本,从现在开始,这个笔记本就是你的"见习作家笔记本"。请你在本子上写下至少五件你喜欢的事,每页写一件。然后,请在每一件你喜欢的事下罗列出所有你知道的、和这件事相关的东西。你读过和它相关的书籍吗?或者一部电影、一部动画片、一本漫画,甚至电子游戏?当你读到或看到和这些事有关的句子、文章和广告时,请把你认为有用的信息记录到笔记本上。

写完你熟悉并且喜欢的事后,请你再写出至少三件对你来说几乎一无所知、但你觉得自己可能会喜欢的事。

现在,请你去网上查找资料,或者至少阅读、观看一部和这些事相关的书、电影或动画片,然后重复之前的练习步骤。

"打败你面对的第一个敌人:空白。"

第二件物品

一张奇怪的纸

当吉尔达从盒子里拿出第二件物品时,斯拉卡巴尔迪和费里尼两人都大笑了起来。

"哦!"斯拉卡巴尔迪说,"这个简单!"

"没错!"费里尼立刻表示赞同。

吉尔达看了看两位作家,又看了看手中刚被她展开的纸:"对于你们来说谜底可能很简单,因为你们已经是作家了,可是对我来说就不一样了,我可一点儿头绪都没有!"

"那是因为你还没有开始尝试写作……"斯拉卡巴尔迪温和地说道,"等你真正开始写作的时候,这张纸就会变

成你最大的敌人！"

"这张上面写满了'写点什么'的纸？"吉尔达疑惑地问道。

斯拉卡巴尔迪把有字的那面翻了过去，把另一面展示给吉尔达看："看这里，它才是你的敌人！"

"嗯……可是上面什么都没有，是空白的呀！"吉尔达指出。

"正是这样。这个敌人的名字叫作'白纸恐惧症'，几乎所有作家都患有这种疾病……"

"几乎所有作家，或早或晚，都会受到这种病的折磨。"费里尼赞同地接过话来，"但是我们面前的这位斯拉卡巴尔迪除外，这个家伙几乎不需要思考就能写满一页又一页的纸。"说完，费里尼笑了起来。

吉尔达挑起了眉头："没人能不经思考就写满一页又一页的纸！"

"哦，当然可以！"坐在阴影中的斯拉卡巴尔迪回答说，"你只需要全身心地投入，别被白纸催眠，拿着笔一直不停地写就可以了。当然，电脑也是可以的，如果你打算用电脑来写作的话。"

"嗯……"吉尔达有些迟疑,"像现在这样停电又来电,我觉得还是写在纸上更好些。"

"太对了!"费里尼说道,"写在纸上永远是最保险的!不过斯拉卡巴尔迪说得也挺有道理,小姑娘……"

"我不是小姑娘!"吉尔达立刻义正词严地纠正了他,"再过两个月我就满十一岁了,明白吗?"

吉尔达的反应让费里尼吓了一跳,他整个人从沙发上弹了起来,不过他很快就点了点头:"不错!要成为一名作家,正需要你这种性格。说自己想说的话,这是非常重要的,自始至终你都不应该忘记这一点。是你在掌控着手中的笔,你能够战胜眼前的白纸,因为你比它们更优秀。所以,如果是为了写点什么东西的话,最佳的解决办法就是——写点什么东西!"

斯拉卡巴尔迪把纸翻回到有字的那一面:"这就是你的叔公想要告诉你的事情——写你想写的东西,只要写就行了!"

吉尔达叹了口气。

"真的可以想写什么就写什么吗?"她问道。

"当然了!写你想写的就好,最坏的结果也不过是写得很糟糕而已。放松点！要知道，不肯去尝试才是最大的、最不可挽回的错误，明白吗？"

吉尔达点了点头。

"好吧。那……应该从哪里开始呢？"

"从你喜欢的地方开始就行，可以从故事的开头写起，也可以从故事的结尾写起。我呢，喜欢从故事进行到差不多一半的地方开始写，因为我不喜欢写故事的开头和结尾。"

"我正好相反。"费里尼接过话头，"如果不从头开始写的话，我会疯掉的！"

吉尔达有些怀疑地瞪着两位作家，似乎觉得两位作家是在骗她。不过斯拉卡巴尔迪却没有受到她眼神的影响，继续说了下去："总之，从你自己喜欢的地方开始写就行了，接下来你需要做的就是一直不停地写下去。就算你觉得自己写得很糟也没有关系。把你想到的东西一股脑儿都写出来，写到纸上，等你写完之后再回过头来慢慢思考……你可能会觉得很惊讶，但是你在书里读到的那些东西，几乎都不是作家们一提起笔就在纸上写出来的内容，而是经过他们无数次修订、改正甚至重写后的版本。所以别担心你开始写得怎么样,动笔写就行了!"

"明白了。那我应该在什么时候停笔呢?"吉尔达问。

"比如有人叫你去吃晚饭,或者你被人打断的时候。"费里尼笑着说,"每个人都不一样,并不存在什么特定的规则。有灵感的时候就写,没有的时候就停笔。不过需要注意的是,在写作的时候,一定要一个词紧跟着一个词、一句话紧跟着一句话、一页纸紧跟着一页纸地写。其实这样看来,斯拉卡巴尔迪的方法也没那么疯狂。写作的时候的确不应该想太多,因为一旦想得太多,你就不是在'写'了!想法太多会让你无从下笔,那时你眼前的白纸看起来也就更加空空荡荡了。"

"哇!"听完费里尼的话,吉尔达惊叹道,"这么说,写作还真是一件很简单的事呀,只要坐在那里,拿着笔去写就行了!"

"嗯……""呃……"两位作家有些迟疑。

"只能说这是帮助我们顺利开始写作的办法。开始的时候嘛,总归都是不太难的……"斯拉卡巴尔迪挠着下巴。

"……抵达终点,才是最困难的。"费里尼跷起腿,总结道。

练 习

　　你可以通过"拥有一百个房间的城堡"这个有趣的练习,来训练自己在不过多思考的情况下提笔写作。你可以根据自己的喜好来设想这座城堡的模样,然后想象自己来到了这座城堡前。好的,从现在开始,你就可以动笔写作了:你是怎么来到这座城堡的?你看到了什么景象?你穿着什么样的衣服?你是否带着行李?在城堡的入口处有什么东西……在这个练习中,你只需要记住一点:你拥有能打开这座城堡所有房间的钥匙,也就是说,没有什么东西可以阻挡你的脚步。好了,现在请你进入城堡,然后……你来到了什么地方?第一个房间是什么样的?房间里有什么东西?你看到了什么?你有什么感觉?谁住在里面?怎么从这个房间里出去?等你走出这个房间后,第二个房间里又有什么?第三个房间呢?尽情放飞你的想象力吧!

"如何从你身处的世界里寻找灵感。"

第三件物品

一副没有镜片的眼镜

一丝微弱的电流让旅店的电视机发出了咝咝声,不禁给人一种一切就要回到正轨的错觉。费里尼和斯拉卡巴尔迪从沙发上蹦了起来,但他们很快就泄了气:就像在嘲笑他们似的,电视屏幕几乎立刻又暗了下来。而一旁的吉尔达则拿出了第三件物品。

"这个呢?"她问,"意思是不是说,作家都得戴眼镜?"

"天哪,当然不!"斯拉卡巴尔迪大声回答,"我最讨厌那些挂在耳朵上、压着鼻子的东西了!"

"其实我在成为作家前就已经戴上眼镜了。"费里尼说,"我觉得你叔公想要告诉你的应该不是这个。"

吉尔达将手指穿过空荡荡的镜框,把眼镜架到了鼻梁上,四处张望着。

"我也是作家了!"吉尔达说。她本想摆出一副严肃的表情,却很快就笑了场。

费里尼也跟着笑了起来,他提议道:"来试试我的吧!"说着便把自己的眼镜递给了吉尔达。

刚把费里尼的眼镜架到鼻梁上,吉尔达就露出了一副痛苦的表情,她飞快地把眼镜摘了下来:"头好晕! 就像是泡在水里一样!"

"因为这是我的眼镜。"费里尼忍俊不禁,"我的眼镜当然只适合我了。"

"真的! 戴上它我什么都看不见!"

"你看不见,可是我却能看见哪! 要是摘了它,我就会变成一个什么都看不见的'睁眼瞎'。"

吉尔达皱起了眉头,而费里尼则指了指他们所在的客厅。

"告诉我,你都看到了什么?"

"就是你看到的那些东西呀!"吉尔达回答,"壁炉、桌

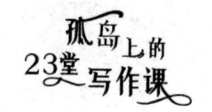

椅、书架,还有埃瓦里斯通叔公的书……"

"再加把劲,好好看一看!"费里尼固执地坚持道。

吉尔达叹了口气:"窗子、通向厨房的门、没电的电视机……"

"一点儿电都没有的电视机!"斯拉卡巴尔迪长叹一声,无比赞同地附和道。

"别停下来,继续说!"费里尼鼓励着吉尔达。

"嗯,好吧……墙上挂着一条叔公很多年前钓到的金枪鱼,还有一株珊瑚……"

"没别的了吗?"

吉尔达又四处观察了一番,却没再看到什么别的东西了。

"没有了。"她肯定地回答道。

"能把那副'作家眼镜'递给我吗?"费里尼问。他把眼镜叠在自己的眼镜上,这让他看起来分外滑稽。

"让我们来仔细地瞧一瞧……我们在一间地板咯吱作响的、昏暗的小客厅里,屋里的光源只有那几支点亮的蜡烛……"

"对,还有蜡烛!"吉尔达立刻点了点头。

"不错。虽然点着蜡烛,可屋子的绝大部分依然隐没在阴影里。然后呢?客厅里只有我们三个人,我们都没动,可是地板却一直在咯吱咯吱地响,听到了吗?那么问题来了,是什么东西让地板咯吱咯吱地响?声音是从窗户那边传来的吗,还是从壁炉那儿?不,好像在那张旧地毯附近,有什么特别小的东西正在地板下窜来窜去,它的动作似乎非常灵敏。"

"啊,没错……还有地毯。"吉尔达喃喃地说。她惊讶地意识到,自己竟然错过了屋子里那么多显而易见的东西。

"很有可能是一只斯布林。"费里尼继续说了下去。

"一只……什么?"吉尔达问。

"斯布林。"斯拉卡巴尔迪重复了一遍,仿佛说的是一件再普通不过的东西,"一只差不多这么高的小东西,一般生活在屋子里没人的角落。每栋房子里几乎都有那么一只。"

"虽然看不到,不过我想应该是它。"费里尼接过了话,"因为我们已经过了五岁,所以没办法看到它了。斯布林只会在从没上过学的孩子面前显形,它们只和孩子交流。"

"嗯……"吉尔达沉吟着,她有些好奇地观察起了地毯

和地板。

"咯吱声又来了,听到了吗,费里尼?"斯拉卡巴尔迪问。

"是的,很清晰,是从厨房那边传过来的。"费里尼回答,"可能是斯布林溜进厨房,去找掉在地板上的面包渣了吧?"

就在这时,从厨房的方向传来一声杯盘坠地的巨响。

"看样子斯布林又闯祸了!"费里尼感叹道。

三个人大笑起来。紧接着,他们就听到安瑟默先生喊道:"吉尔达?"

吉尔达惊得蹦了起来。她甚至猛然间觉得那是斯布林在喊她的名字,而不是她的爸爸安瑟默先生。

"你们是怎么做到的?"她问两位作家。

费里尼把"作家眼镜"摘了下来,他的脸上洋溢着笑容:"我们是怎么做到的?"

"很简单,并不需要用什么特别的眼镜去寻找灵感。"斯拉卡巴尔迪回答,"只要仔细地观察周围,用心去观察,去发现那些别人看不到的东西就行。"

吉尔达转了转眼珠。

"你可以从认识的人身上汲取灵感，来塑造故事中的人物。"

第四件物品

一张黑白的班级合照

"都准备得差不多了。"从厨房回到客厅,吉尔达说道,"爸爸让我和你们说一声,过会儿就开饭了。"

"太棒了!我们正好还有点儿时间来看看第四件物品!"斯拉卡巴尔迪一边说,一边把手伸进了盒子里。

"是番茄炖章鱼吗?"从厨房飘来一阵诱人的香气,费里尼感到胃部在疯狂地收缩,便充满期待地问道。

"不是!"吉尔达重新坐回两位作家中间,回答道,"是一张拍得超级差劲的相片。哈哈,看看这个人的脸!还有这个!太好玩儿了!他肯定是在按快门的时候恰好转了身,才你看到的，再寻常不过的东西。那里有一张桌子，是的，没错。可那是一张什么样的桌子？是谁把它摆放在那里的？为什么要把它放在那儿？还有那把椅子，他们说是从宜家买来的，但真的是那样吗？有没有可能，那把椅子其实是邪恶的德·雷瑟留斯博士发明的让人闻风丧胆的食人椅？还有你听到的某些声音，看到的某些现象，都请你试着从另一个角度去解释它们：为什么有些东西是热的，而有些东西却总是冷的？为什么有些东西是白的，有些东西是黑的？为什么有些东西是这种颜色，而另一些东西却是那种颜色？请把你想到的东西记录到"见习作家笔记本"上，字数不用多，简短的几句话就行。很多时候，一个故事就这样诞生了。

练习

  灵感就像一座桥，连接着原本并不相连的两个地方。现实中，我们如果要修一座桥，首先要选定筑桥的地点。到了建造这个环节，则必须更加小心，因为一旦出了差错，桥很可能会垮塌。

  和筑桥的经验一样，灵感也可以通过不断的训练来获得。

  请你随意走进家里的一个房间，或者花园，选择一个位置站好，仔细地观察四周，看看周围都有些什么。接着，请你再仔细地看一看，有没有什么东西是你觉得可能存在、但是眼睛看不见的。比如说，那朵形状奇怪的云彩，看起来是不是有点儿像一个正在呼呼大睡的巨人？在葱郁的枝杈间，有没有可能藏着一只会说话的小鸟？或者在树根下的泥土中，会不会住着一条性格和善的蚯蚓？试着去想象那些此刻并不存在，但是或许曾经存在过，或许将来有可能会存在的东西。同时，请你试着用另一种思路去解读那些

"你们的意思是,要想写出东西来,首先得是一个……像先知那样的超能力者?"

"哦,别被斯拉卡巴尔迪那套神秘兮兮的理论唬住了,吉尔达!"费里尼忍俊不禁,"这副眼镜想要传达的意思其实很简单:多关注你周围的事物,即便是那些看起来并不起眼儿的东西,比如房间里的某些声音。"

"地板的咯吱声。"吉尔达点了点头,随即又疑惑地问道,"不过那真的是斯布林弄出来的吗?"

费里尼笑了起来。

"我很肯定,那些声音是因为我们俩的大屁股坐在沙发上,压到了老化的地板才发出来的。"

"我就知道!"吉尔达生气地叫道,"果然,斯布林是你们编出来骗我的把戏!"

"不不……这只是一个有趣的假想而已。要获得一个像这样的灵感,其实只需要你对这间屋子里发出的某个平常的声音稍加留意而已。灵感可能来自任何地方,而你要做的,就是捕捉到它!这就是埃瓦里斯通叔公想要教给我们的第三课。"斯拉卡巴尔迪回答道。

"正是如此。"费里尼赞同道,"吉尔达,当你注意到身

边的某件事物时，不要只局限于眼睛看到的表面，试着用另一种更富有想象力的方式去解读它吧。所谓灵感，通常就是这么来的。"

被这样拍下了整个后背！"

"谁知道呢,有可能他就是你的叔公……"斯拉卡巴尔迪说,"这张相片本身就是一个故事,而那个背对镜头的人很显然就是这个故事的主角——一个不爱照相的男孩！"

"这个点子不坏。"吉尔达说,"可他为什么不喜欢照相呢？"

"原因嘛,现在我还不知道。不过如果你想要一个原因,我们可以试着找一找……嗯,这样如何:从前有一个男孩,他……"

"等等！"费里尼突然开了口,"为什么不是女孩？那个人虽然背对着镜头,头发也很短,但没人告诉我们那一定就是个男孩呀。"费里尼观察着相片补充道。

"对！"吉尔达也表示了赞同,"我刚看完哈利·波特,如果有个故事是女孩做主角的话也不错,正好换换口味。"

"都可以,是男是女其实并不重要。重要的是,人物必须是真实的。"斯拉卡巴尔迪耸了耸肩。

吉尔达皱起了眉头。

"什么意思？你是说哈利·波特也是真实存在的人物吗？你们已经拿斯布林骗过我一次了,这回我可不会再上

当了。"

"怎么说呢……"费里尼沉吟着说道,"哈利·波特确实是一个虚构的人物,不过我总觉得,这个人物是罗琳女士以现实中某个小男孩为原型创造出来的。你觉得呢,斯拉卡巴尔迪?"

斯拉卡巴尔迪十分赞同地点了点头,他身体前倾,将胳膊肘儿撑在了膝盖上:"没错,吉尔达,我相信这也是埃瓦里斯通叔公想通过这张相片告诉你的。"

吉尔达朝他投去了充满疑惑的一瞥。

"你知道我在创作第一个故事时,是怎么想象主人公形象的吗?我直接把主人公假想成了吉吉·潘科迪!"

"吉吉·潘科迪?那是谁?"

"他是我最好的朋友,"斯拉卡巴尔迪回答,"也是我最熟悉的人!他的眼睛一只绿色,一只棕色。他跑起步来像风一样快,而且还是个爬树高手,什么树他都能爬得上去,什么树都难不倒他!他乐高玩得很厉害,是个足球健将,还特别喜欢骑自行车。每天早上上学的时候,他都会把自己的烤饼分给我一半,因为我的父母只会给我一个超级难吃的苹果当早餐。总之,他就是我的偶像。因此,每次在描写故事中的主人公时,我都会把他们想象成吉吉·潘科迪。然后我会这么问自己:在这样的处境中,无所不能的吉吉·潘科迪会怎么做?"

"通过这个故事我们可以得出一个结论:斯拉卡巴尔迪至少欠了他的朋友——老好人吉吉·潘科迪一百公斤烤饼!"费里尼揶揄道。接着,他把视线转向了吉尔达:"好了,不开玩笑了。这确实是一个很有用的办法,我可以证明。"

"你也用这个方法?"吉尔达瞪大了眼睛,"你也一直在想着那个吉吉·潘科迪?"

费里尼笑了,他向后一仰,惬意地靠在了沙发上:"不是他。不过最近我也正从一个认识的人身上汲取灵感,那个人就是极具传奇色彩的德·菲力骑士!"

"这个传奇的家伙有什么特别的地方吗?"吉尔达问。

"噢,他真是巧舌如簧!他是我的邻居,每周至少敲一次我家的门。他跑来串门的目的,就是为了告诉我发生在邻里间的各种新鲜事。所以每当我需要在故事里塑造一个特别爱嚼舌的人物时,我都会照着那位德·菲力骑士的模样来描写,或者基本上是那个样子……"

"基本上?"

"虽然我觉得那位德·菲力骑士应该不会读我写的书,不过为保险起见,在我的故事里,那个爱嚼舌的人并不是一个干瘦的、长小胡子的男人,而是一位胖墩墩的女士!"费里尼解释道。

"嗯……什么意思?"吉尔达问。

"有时候,重要的并不是人物的外表,而是他的动作、仪态、说话方式……你只需要把这些借鉴过来,然后把它们赋予你故事中的人物就行了。至于人物的外形,可以随你喜欢,甚至设计得和原型完全不同。"斯拉卡巴尔迪解释道。

"这样的话,就算读到了你的故事,那个讨人嫌的德·菲力也不会因为故事里的长舌妇像他而生气了!"费里尼打趣道。

就在吉尔达和两位作家哈哈大笑的时候,门口传来了安瑟默先生的声音:"晚餐已经准备好了!"

兴奋地对望了一眼,费里尼和斯拉卡巴尔迪就像两只屁股上装了弹簧的玩偶,从沙发上一跃而起。

不希望谁赢得价值一千万欧元的彩票？为什么？

　　请你把这些点子写成简短的笔记：从这些笔记里，你很有可能找到创作某个人物的灵感，或者是以这个人物为主角的故事的灵感。

练 习

　　家和学校——在这两个地方,你应该认识不少人。这些人你或许每天都会见到,或许偶尔才会遇上一两次。请你仔细地观察他们,试着把他们想象成同一个故事中的不同人物。然后,请发挥你的想象力,让他们置身特别的情境中,想一想:他们会有什么样的反应?会说出什么样的话?会做出什么样的举动?

　　用一个最主要的特点形容你认识的人,比如顽固的爸爸,细心的妈妈,坐在教室最后一排、讨人喜欢的马可,或者是马可的同桌、总是稀里糊涂的杰茜卡。

　　然后,想象他们身处与平时完全不同的情境中:那个数学老师,如果突然掉进了热带雨林,她还会像平常那样自信满满吗?你那个趾高气扬的堂兄,在遇到北极熊的时候,又会是什么反应?你会让谁成为一条巨龙的主人?在所有人当中,你最

"每个故事里都有一个英雄,
那个英雄是什么样的呢?"

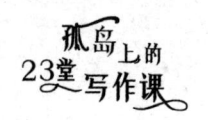

第五件物品

一个玩具士兵

一阵奇怪的沉默降临在了餐桌上。不论是费里尼还是斯拉卡巴尔迪都没有再说话,他们嚅动着嘴唇,急切地咀嚼着口中的食物。一时间,只听得见刀叉和餐盘相碰时发出的叮当声。

受两位作家的邀请,吉尔达也坐到了餐桌旁,她从盒子里拿出了第五件物品,那是一个铅质的玩具士兵。不过奇怪的是,士兵肩上扛着的枪却是弯的。

"可怜的小家伙!"吉尔达打量着玩具士兵,感叹道。

正埋头大吃的两位作家勉强朝吉尔达的方向瞥了一

眼。见他们终于有了反应,吉尔达把士兵摆到了装着海鲜意面的托盘旁。此时,托盘里的面条儿正光速减少着。

"你为什么会出现在盒子里呢,小家伙?让我自己来分析分析好了……"吉尔达大声地自言自语道。

"嗯——"吸着面条儿的费里尼含糊地嘟囔着,吉尔达觉得这是在鼓励她说下去。

"嗯,这个士兵……这个士兵……他是一个很勇敢的人,因为他正准备上战场。可是他的枪已经完全弯掉了,这很可能是因为他并不是真的想去打仗。"

"嗯——"正在咀嚼贝壳肉的斯拉卡巴尔迪满足得直哼哼,吉尔达以为他是在赞同自己的观点,于是继续说了下去。

"这个士兵上路了……然后,然后发生了什么呢?"吉尔达双手托腮,观察着眼前的铅质小人儿,"小家伙,你能告诉我吗?告诉我你究竟遇到了什么事。"吉尔达咬着下嘴唇,一副若有所思的样子。

就在这时,吉尔达突然发现有一片阴影似乎正从托盘的边缘移向玩具士兵。那是一只鸡腿,个头儿比玩具士兵大了三倍多。吉尔达双眼一亮:"这个士兵是个英雄!他打

败了可怕的怪兽!"

"如果可以的话,这个怪兽交给我来打败就好。"说着,费里尼一口咬住了鸡腿,"不过嘛,你分析得很有道理。"

"是的。"斯拉卡巴尔迪附和道,他用餐巾擦了擦嘴,"每一个故事里都有一个英雄,他不一定是战争里的英雄,但肯定是一场对立的冲突中的英雄。这也就意味着,故事里并不一定有轰炸机或者坦克之类的东西,但一定会有阻挠英雄、给他不断制造困难的人。"

"超级大坏蛋,是吧?"吉尔达插话道。

"如果阿斯托法兹教授在这儿的话,他一定会告诉你那叫'反派角色',不过呢,这两者实质上是一样的。"

"谢天谢地,还好他不在,不然我们该被他的长篇大论烦死了。不过,鉴于阿斯托法兹不在这儿,我就给你讲讲我的理论吧。"斯拉卡巴尔迪说,"把故事里的角色单纯地划分成好人和坏人,这并不是一个好主意。比起这么做,我建议你把他们看作有着各自目的的、不同的人。"

"就好比……一个想要绑架公主的人,和另一个想要拯救公主的人?"吉尔达问。

"没错。"

"或者是一个想要杀死女孩的女巫,和一个不想被女巫杀死的女孩?"

"是的。"

"那为什么不能说他们是坏蛋呢?"

"如果真想这么称呼他们的话,也不是不可以……"因为抢到了盘里的最后一块贝壳肉,心情愉悦的斯拉卡巴尔迪做出了些许让步,"可是这样的话,一切就会变得太无味、太简单了,不是吗?所以,最好还是把女巫看作为了自己的某种目的的才会去伤害女孩的人。"

"可是这样的话……"吉尔达想要反驳。

"我们觉得女巫是坏蛋,是因为她总以坏人的形象出现。"费里尼插进话来,"可是从女巫的角度来看,她迫害女孩的原因却是合情合理的。正因为这样,她才会展开行动,她所做的一切才站得住脚,故事的情节也才会合乎情理。"

"好吧。"吉尔达点点头,"总之,你们的意思就是,坏人们最好知道他们为什么要那样做。"

斯拉卡巴尔迪叹了口气,因为他发现自己的衬衣沾上了酱汁,不过他还是继续说了下去。

"是的,吉尔达。这个道理也适用于你故事里的英雄。

英雄可以以任何形象出现：一片雪花、一位战士或者是一个戴着牙套的女孩，随你喜欢。他们之间不存在任何本质上的差别。真正让他们变得不同的，是你选择他们作为故事主人公的理由。"

"那他呢？为什么叔公偏偏选中了他？"吉尔达问道，她把玩具士兵放到了餐桌的正中间。

"因为我们的这个小朋友，即将展开属于他的冒险——上战场。"斯拉卡巴尔迪回答，"那是他的职责所在。故事里的英雄或多或少都有一种必须完成某项任务的使命感。这也正是故事得以展开的原因，虽然每个故事开始的方式可能不尽相同：有些英雄迫不及待地踏上了征途；有些却十分抗拒、踟蹰不前；有些需要你在故事里推他们一把；有些呢，则要等到最后一刻才会做出决定。不过所有英雄，是的，所有，他们对什么是善、什么是恶，都有一个清楚的认知，他们的一切行动都是在这样的认知上展开的。"

"意思是说，故事里的英雄绝对不会犯错吗？"吉尔达问。

"啊！"费里尼把手里的杯子放回了桌上，"说到这儿，我们就不得不感叹埃瓦里斯通叔公的高明了。你好好看看这个士兵……什么东西是你第一眼就注意到的？"

"他那把弯得不能再弯的枪？"吉尔达忍不住笑了。

"没错！正是这把弯掉的枪，让他变得不完美了。"费里尼说。

"因为完美……是一件非常无趣的事情！"斯拉卡巴尔迪赞同地说，他得意地指了指自己衬衫上沾着酱汁的地方。

吉尔达笑了起来，可她看起来并不是很信服。

"完美，是另一种意义上的没有悬念。"费里尼解释道，"比方说，你不觉得，在故事里一步一步地发现这个士兵怎么用他那弯掉的枪来摆脱困境，是一件很有趣的事吗？可如果他的枪是完好的话……砰！只用开几枪，一切就都结束了，故事自然也就没什么意思了。"

"确实是这样！"吉尔达赞同地说，她重新拿起了玩具士兵，仔细地打量着。

"在你构思故事的时候，这是你需要时刻铭记并不断提醒自己的事情。"斯拉卡巴尔迪说，"你的英雄不应该是完美无缺的，得有个限度。就让他带着自己的不足投入历

险好了。性格特别急躁？或者过于腼腆？还是瘦得像面包棍一样？选择的权力在你手上。不过有一点是可以肯定的，一个不完美的主人公，会让一切变得更加有趣！"

练 习

　　回想一下你读过的书、看过的电影或者动画片，每个故事里都会有一个英雄。

　　请把这些主人公的名字写到笔记本上，试着找出他们各自的长处和不足。

　　很多英雄身上都有特别之处，这让他们看起来独一无二（比如一道伤疤、一颗痣或者眼睛的颜色），但他们能成为英雄并不是因为这些特别之处，而是因为他们决心应对某个挑战，决心去改变某些事情。

　　请你也试着用这样的思路去分析英雄的对手：他们真正的目的是什么？为什么会有这样的目的？他们的长处是什么？不足又是什么？敌人不一定非得是人，也可以是一只怪兽，或某种潜在的威胁，甚至是某种看不见的东西。

"你故事中的人物是什么样的？为他们每人列出一张信息清单会是一个很不错的方法。"

第六件物品

一本空白的护照

"这个好棒!"吉尔达赞叹道。她手里拿着第六件物品,那是一本红色封皮、大约三十来页的护照。护照内页上的纹饰非常精美,看起来像一张一张的钞票。可奇怪的是,那些内页却是空白的,上面什么东西也没有。

"好吧,我又被难住了。这东西到底有什么用?"吉尔达翻来覆去地查看着手中的护照。

"在你需要逃亡的时候,或许会派上大用场。尤其是你没一点儿灵感,而你的编辑又追在你屁股后面催稿的时候!"费里尼俏皮地回答道,美味的海鲜面让他的心情十分

愉悦。

"我可是很认真的!"吉尔达不满地说,"你们俩倒好,总是开玩笑……"

"我们这不是为了和那个总是满口理论的阿斯托法兹区分开嘛。"斯拉卡巴尔迪回答,"对你来说,这其实是一件好事。如果我们和他一样,你一定会觉得自己是这个世界上最无聊的小孩儿。"

可事实上,吉尔达并没有感到无聊。相反,她看起来非常生气。

"我已经和你们说过多少次了?我不是小孩儿!"

"对对,抱歉!是我们两个老家伙犯糊涂了。"费里尼赶紧说道,"不过话说回来,护照上的年龄那一栏,你打算怎么写呢?"

"'即将满十一岁',我会这么写。"吉尔达立刻回答,她一脸坚定地看着护照。

"不错,清楚明了。在创作故事的时候,对故事中出现的人物,你也要有这样清晰的认识,这一点非常重要。"费里尼说。

"这就是埃瓦里斯通叔公想要告诉你的:你要十分了

解你故事中的人物。为此,很多作家都会做一件事,他们会为故事中的每个人物列出一份信息清单,就像是在填写这本护照一样。"斯拉卡巴尔迪解释道。

吉尔达抿紧了嘴唇,一副若有所思的模样:"嗯……可我爸总说,这世界上没有什么比形式主义更糟的了。"

"就现实来看,他说得确实没错。"费里尼说,"不过,在创造一个虚拟世界时,适当梳理一下你脑子里的点子是很有好处的,相信我。"

斯拉卡巴尔迪赞同地点了点头:"你马上就会发现你叔公的这个建议很有道理。来吧,吉尔达,打开护照,读一读上面的内容。"

"'名字'。"吉尔达读道,"嗯,这个简单。我只需要给我的人物取好名字就行了。"

"这你可就错了!一点儿也不简单!"

"怎么会!有一大堆的名字可以取呢,只要在里面选一个就好了……比如说,我创造的人物就叫……皮波!"

"皮波是个很不错的名字,不过也只是对某些故事来说……"

"为什么?"

"如果故事发生在西伯利亚呢?你觉得在西伯利亚会有人叫皮波吗?"费里尼反问道。

"这个嘛……我不太清楚。"吉尔达回答,"不过如果是我的话,应该不会写发生在西伯利亚的故事。"

"为什么不?那可是个很迷人的地方!"斯拉卡巴尔迪插话道,"费里尼的意思是,如果一个故事发生在某个特定的地方,你就需要取一些和那个地方相符合的名字。"

"怎么取?"

"以前的作家会利用电话簿。"斯拉卡巴尔迪回答,"一位老作家和我说过,他每次去国外旅行的时候,都会收集一本当地的电话簿,塞进行李箱后带回家。这样的话,如果他要写一个发生在法国的故事,他就能从法国的电话簿上挑选一个喜欢的名字了。不过现在我们有互联网,电话簿什么的都能在网上查到。这么做虽然没有实地收集电话簿那么有趣,不过却更方便快捷!"

"就算有互联网……我怎么才能从里面选出合适的名字呢?"吉尔达问。

"我会大声地朗读它们,去听它们的发音。对于一些故事来说,找到一个'会说话'的名字是十分重要的,因为这样的名字能让读者立刻领会到人物的特征。比方说……伏地魔!"

"哇……伏地魔!听着就让人害怕!"吉尔达打了个哆嗦。

"看到了吧?名字起作用了!"费里尼点拨她道。

"可如果我的故事发生在一个虚拟世界里,我是不是需要自己创造一些人物名字出来?"吉尔达问。

"当然了,你得很认真地去琢磨。"斯拉卡巴尔迪回答,"因为就算是在一个虚拟世界里,其中的人物也拥有自己的语言,他们的名字也因此有着不同的特点。就比如那位创作了《魔戒》的作家托尔金①……"

"我知道他!"

"你要知道,他可是花了很多年的时间才创造出了精灵、矮人和霍比特人的语言。而他这么做,就是为了给人物找到最适合的名字。"

"我的天,这么看来起名字还真是有些难度。"吉尔达感叹道。

---

①托尔金,英国作家、诗人、语言学家,以创作经典严肃奇幻作品《霍比特人》《魔戒》《精灵宝钻》闻名于世。

"你当然不用像托尔金那样一丝不苟。"斯拉卡巴尔迪说,"我举这个例子只是为了告诉你,给人物取名时一定要慎重。好了,现在翻到下一页吧!"

"'年龄'……'性别'……'国籍'……'身高'……'眼睛的颜色'……'头发的颜色'……"吉尔达读道。

"这些就很好理解了,意思是说,你一定要清楚地知道你的人物究竟在哪里出生,在哪里长大,以及他是一个什么样的人。他是高是矮,是胖是瘦?如果是一位女性的话,那她是金发还是红发?她的身上是不是有一个乌鸦形状的文身,每当她照镜子的时候,那个文身就会活过来?"

吉尔达瞪大了眼睛:"哇,这个点子我喜欢!"

"看到了吧?有时候只靠描写一个人物,你就可能会找到灵感。好了,继续往下读吧!"

"'居住地'……"

"你的人物生活的地方也很重要。他是住在破旧的古塔里,还是住在山洞里?或者是住在养了一百只狗的小屋里?你的选择一定要和故事背景相吻合……一栋带游泳池的别墅,很显然就不适合一位中世纪的骑士居住,不是吗?"

"当然了。"吉尔达回答,她继续念了下去。

"'特征'……"

"这里你就可以随意发挥了!"费里尼说,"'特征'是指那些让人物变得独一无二的东西。而你,需要对这些特征了然于心,让这些特征在人物身上充分表现出来。"

"为什么?"

"想想看,如果你的人物皮波一年前被狗咬过,那当他再次遇到那条狗时,他会有什么样的反应?"

"他会害怕!"吉尔达说。

"有可能,不过他也可能想要报复,谁知道呢?"费里尼回答,"因为故事还没写出来,我们谁也说不准他究竟会怎么做。不过有一点是可以肯定的,在遇到那条咬过他的狗时,皮波一定会有所反应。"

"我懂了!皮波和狗不太对付,那就是他的特征之一。"吉尔达点了点头,"不过,我真的必须得了解人物身上的每个细节吗?"

"当然了。"费里尼毫不迟疑地回答,"比方说,你要知道皮波的脑袋上究竟长了多少根头发。"

吉尔达睁圆了眼睛。

"为什么?"

"因为皮波头发的数量是确定的,能明白我的意思吗?如果我们把头发的数量弄错了的话,那他就不是皮波,而是另一个人物了。"

吉尔达托着下巴,陷入了沉思,而斯拉卡巴尔迪则用手肘撞了撞她。

"别听费里尼胡扯,他是开玩笑的。他这么说,完全是因为他自己喜欢那些愚蠢的哲学理论而已。"

"幸好……"吉尔达不由得松了口气,"我刚刚还在想,为了避免出现问题,要不干脆让皮波变成一个光头好了!"

练 习

现在轮到你来给人物列清单了。在创造一个人物时,你需要考虑清楚和他相关的各种信息,你可以通过填写这张表格来进行练习。

姓名:

绰号: 年龄:

出生日期: 国籍:

外貌(你可以配上一幅图):

强项(列出三件他最擅长的事):

弱点(列出三件他最不擅长的事):

害怕的东西:(他怕黑吗?还是害怕与人相处?或者是怕狗?为什么?)

最引以为豪的事:

秘密:

被禁止的、他却喜欢偷偷去做的事:

坏习惯:

好习惯:

隐藏的能力：

相信的事：

不相信的事：

朋友：(如果你创造的人物很多,你需要决定这些人物之间究竟是朋友关系还是敌对关系，然后阐明原因。)

"每个故事的主人公都有自己的目标。
一定不要忘记这个目标,
因为从某种意义上来说,
那也是身为作者的你的目标。"

第七件物品

一把老式步枪的瞄准镜

"怎么了,吉尔达,为什么那副表情?"斯拉卡巴尔迪靠在椅背上问道。

吉尔达没有回答,一双眼睛紧盯着叔公留下来的盒子。前面的六件物品,被她排成一排,摆在餐厅的一张小桌上。

"嗯,没什么,斯拉卡巴尔迪先生。"吉尔达回答道,她从红盒子里拿出了另一件物品,脸上带着疑惑的表情,"只是……写着数字'7'的,是这个东西!"

"那是个瞄准镜。"只看了一眼,斯拉卡巴尔迪就立刻

"什么意思？"

"我们之前不是谈过对立和冲突吗？对立和冲突就是一种变相的战争，而绝大多数故事都是围绕着那样的情节展开的。"

吉尔达点了点头："好人和……两个不同目的的人之间的冲突！"

话还没说到一半，吉尔达就立刻纠正了自己，她无疑是想借此告诉两位作家，自己已经完全领会了两人教给她的东西。

"非常正确。比如说，小红帽想去外婆家，但是要到外婆家，她必须先穿过一片森林，而森林中的狼想吃掉小红帽。那么问题来了，谁会是最后的赢家？"费里尼问。

"猎人？"吉尔达回答道，她举起了瞄准镜。

"让我们换个例子好了……"斯拉卡巴尔迪插进话来，"奥德修斯想回家。但是要回家，他首先要击败独眼巨人波吕斐摩斯，战胜能把人变成猪的女巫喀耳刻；他还得抵挡住女妖塞壬歌声的诱惑，穿过海怪斯库拉和卡律布狄斯的居所，摆脱女神卡吕普索长达七年的软禁……"

"打住！不需要把《奥德赛》的情节从头到尾地再给我

给出了答案,"你的叔公可能就是在它的帮助下打到了架子上摆着的那只山鹑吧。"

"什么,怎么能朝动物开枪呢?这太恐怖了!"吉尔达抗议道,"如果这就是叔公想要告诉我的,那我再也不当作家了!"

"我觉得不应该只从表面来推测你叔公的用意。"费里尼安抚她说,"或许我们可以这么思考一下:瞄准镜是用来做什么的?"

砰!

就像是在回答这个问题似的,窗外,一道闷雷突然炸响,餐厅的架子被震得不断颤动。屋内的三人惊恐地交换了一下目光。

"像这种情况,就叫作表面上的巧合。"斯拉卡巴尔迪率先开了口,"别怕,吉尔达。当你开始写作之后,你会发现生活中很多时候也会遇到这样的巧合……好了,现在让我们回到瞄准镜上吧!"

"我不知道……士兵、枪……可能叔公是想写和战争相关的故事吧。"吉尔达喃喃地说。

"有可能,不过前提是,作家对战争这个题材感兴趣。"

们复述一遍！"费里尼打断了他，"让我们直奔主题吧。主人公的目标通常都很遥远，必须历经艰难才能达到。正因如此，你才需要一个瞄准镜，因为瞄准镜能够帮你牢牢锁定那个目标。不过瞄准镜也只能帮你锁定而已，最终还得由你自己来决定什么时候扣下扳机。你要知道，远距离的目标是很难被锁定并捕捉的，尤其是在你只有一发子弹的情况下，你需要考虑清楚，究竟什么时候去开那一枪。"

虽然看起来有些犹豫，吉尔达还是点了点头："我好像听懂了一些，但有的地方还是不太明白……比方说，需要我开枪打中的目标是什么？"

"哦，什么都可以！人物不同，目标也就不同，故事也会跟着变得不同。"费里尼回答。

"没错。"斯拉卡巴尔迪赞同地说，"骑士想解救公主，歹徒想成为坏人们的首领，年轻的网球选手想要赢得温布尔登的冠军……这些是完全不同的目标，可它们又都同样引导着故事的发展。你需要牢牢锁定的，就是这些引导故事发展的目标。"

吉尔达终于露出了信服的表情。她撕下一块面包，放到了嘴边。看着眼前的两位作家，她问道："那你们呢？你们

俩有什么目标吗？"

"噢,当然有了！"费里尼毫不迟疑地回答,"在甜点上桌之前,确保自己不被撑死！"

练 习

　　现在轮到你了。请写下你的目标——一个很大的、对你来说就像是梦想的目标,然后再写出一个不那么大的目标。接着,请你写出一个十年内的目标和一个在今年年底之前想要完成的目标,再写下一个本周的目标,以及一个明天想要完成的目标。

　　谁能帮助你达成这些目标?谁又会阻碍你?为什么?

　　试着想象出一些人物,并让这些人物置身于同一个故事中,请你写出他们各自的目标,再对比一下这些目标,想一想,这些人物在达成目标的过程中,会遭遇到什么样的事情(不管是好的还是坏的)?把你脑子里想到的,可能变成故事的点子通通写下来吧!

"现实生活中发生的事会改变一个人,同样,故事里发生的事也会对人物产生影响,请一定不要忘记这一点。"

第八件物品

两朵缠绕在一起的花

"嘘,都别说话!"费里尼突然叫道,他从椅子上跳了起来,用手指着餐厅门外的某个方向。

旅店的电视机屏幕闪烁了几下,变成了浅灰色,又过了一阵,终于重新亮了起来。绿茵场和一个正旋转着飞向球门的足球出现在了屏幕上,可是只有一瞬间——

咔!

画面又消失了。

费里尼石头般呆立在了原地。毫无疑问,刚才他们看到的是一记射门。可究竟是哪支球队射出的? 比分又是多

少了?

　　两位作家热切地讨论了起来。吉尔达一会儿瞧瞧费里尼,一会儿看看斯拉卡巴尔迪,不由得惊讶于他们对这场比赛倾注的热情。两个人争论得那么激烈,就像是在吵架一样。

　　"要不要和解一下?"吉尔达询问着,她把第八件物品递向两位作家,"你们俩一人一朵花?"

　　两位作家看向吉尔达,也同时看了看被她拿在手里的古怪至极的第八件物品。

　　埃瓦里斯通叔公选择的这件物品实在令人匪夷所思,两位作家甚至忘记了足球比赛,忘记了要继续争论下去。吉尔达手中拿着的是两枝缠绕在一起的花:一枝是用碎布做成的,颜色非常鲜艳;另一枝是真花,不过已经凋谢了。

　　"这个呢,你怎么看,斯拉卡巴尔迪?"

　　"看起来比刚才的那记射门还要神秘。"

　　"要是裁判没吹哨,而且真的射中了,那就更神秘了……"费里尼嘀咕着补充道。

　　"嘿,这个主意不错。我建议我们也'吹哨',把这件物品'罚下',直接跳到第九号物品。"斯拉卡巴尔迪提议道。

"赞成!"费里尼立刻表示同意。

"你们这样不讲道理!不能这样!"吉尔达反对道。作为三人中最有耐心的那一个,她把古怪的第八件物品放到了餐桌的中央,仔细地打量着它。

"现在,让我们来看一看……这是两朵花。"她开口说道。

两位作家也像吉尔达一样抻长了脖子,观察着餐桌正中的花朵。

"看起来像是两朵玫瑰。"费里尼说。

"一朵是真花,已经完全枯萎了,另一朵是布做的。可这些我们不是早就知道了嘛!"斯拉卡巴尔迪叹了口气。

就在这时,安瑟默先生来到了餐厅。确认两位客人已经把海鲜面吃得一干二净后,他收起桌上的空盘,返回了厨房。等他再一次回到餐厅时,他对两位作家说道:"先生们,我给你们更换一套餐具……"

斯拉卡巴尔迪心不在焉地点了点头,然后,突然间,就像是被闪电劈中了一样,他挥舞了一下刚从安瑟默先生手中接过的叉子,大声叫道:"对!更换!改变!这就是答案!"

安瑟默先生朝自己的女儿投去了忧心忡忡的一瞥,看起来他似乎是在怀疑这位名叫斯拉卡巴尔迪的作家是不是脑子有问题。而吉尔达则用安抚的眼神回望父亲,就像是在告诉他,一切都很正常。

"改变?"费里尼沉吟着,"能解释一下吗?"

"看看这两朵花,它们曾经都是鲜艳漂亮的,对不对?可是现在,它们怎么样了?"

"一朵仍然很漂亮,另一朵却凋谢了。"吉尔达回答。

"真花是哪一朵?"

"枯萎的那朵。"

"真是天才!"费里尼突然赞叹道。

"谢谢。"斯拉卡巴尔迪显得十分得意。

"我说的是埃瓦里斯通叔公。"费里尼立刻纠正了这个误会,他捻着胡子,继续说道,"这确实是一个非常精辟的观点:一个有血有肉的人物,就像一朵真花,会随着时间的流逝而变化,绝不会永远都是一个模样。"

"可枯掉的花看起来又丑又可怜!"吉尔达提出了反对的意见。

"你说得对。"斯拉卡巴尔迪说,"你的叔公只是想用这两朵花来举例而已。你如果愿意,也可以这么想:随着时间的流逝,毛毛虫会变成蝴蝶。重要的是改变,是变化,不论是朝着好的方向还是坏的方向改变。"

"好吧……可是这一点真的这么重要吗?"吉尔达问道。

"当然了!想想你读过的那些书吧……随便告诉我一本你读过的书……"

吉尔达说出了一个书名。

费里尼瞪大了眼睛,他看起来有些迟疑。

"嗯……换一本吧。"

吉尔达又说出了一个书名。

"你们这些年轻人,现在读的都是些什么书!"费里尼叹了口气,"算了,我来说一本吧,《木偶奇遇记》。主人公匹诺曹想做什么?"

"他是个木头做成的人偶,他想变成一个真正的人类小孩儿,是这样的吧?"吉尔达回答道,她曾在几年前读过那本书。

"要变成真正的小孩儿,他需要做些什么?"费里尼继续问道。

"很多事!他必须远离狐狸和猫,必须从大鲸鱼的肚子

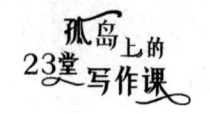

里逃出来……"

"那些都是匹诺曹一路上的历险,他要变成一个真正的小孩儿,只需要做一件事,直到故事结尾他才做成,那就是他必须变成一个心地善良的好孩子。换句话说就是,他需要改变。这也是埃瓦里斯通叔公想要告诉我们的:碎布做成的花始终鲜艳漂亮,可是它却不会改变,永远都是那副模样。正因如此,它缺少了最重要的东西——故事!"费里尼把玩着手中的玫瑰花总结道。

"正是如此。"斯拉卡巴尔迪赞同地接过话来,"一个真正的故事,总是充满变化的,在你写作的时候,一定要牢记这一点。当你发现随着故事的展开,不论经历了多少事,你的人物却依旧保持原样的时候,你就需要好好思考一下了。因为这就意味着,你笔下的人物是虚假的、没有生命的,就像这朵布做的玫瑰花一样。"

练 习

　　回想一下你读过的书或者看过的电影，把故事里主人公的变化写在笔记本上。故事开始的时候，他们是什么样的？故事结束的时候，他们又是什么样的？把你的想法都记录下来，当你在构思自己的故事时，这些想法或许会对你有所帮助。

　　请你试着列出一些我们常用来描述一个人个性和举止的词语(包括那些描写虚构人物的词语)。

　　你可以用列举反义词的方法来快速找出这些词语，例如：好的/坏的，大方的/吝啬的，胆小的/勇敢的，谦逊的/傲慢的，等等。等你完成这张词汇表后，请你从中挑选出一对词语来，尝试着去构思一个故事，并且故事中的事件会让人物发生改变(让他从好人变成坏人，或者从一个慷慨的人变成一个吝啬的人，等等)。如果你觉得很难下笔的话，可以把改变的顺序颠倒一下(从坏人变成好人，从吝啬的人变成慷慨的人)，然后再进行尝试。

"故事的情节就像是一条连接了各个关键节点的路线，你需要好好规划这条路线。"

第九件物品

一张纸质游戏棋盘

因为暴风雨(或者说是"恶风")来袭,天气变得有些凉。当吉尔达穿上毛衣重新回到餐厅时,她发现两位作家已经按捺不住好奇心,把第九件物品从盒子里拿出来了。

一张看起来毫无神秘感的纸质游戏棋盘正静静地躺在餐桌的中央。

"你们还玩这个?是不是有点儿太孩子气了?"走到餐桌旁,吉尔达忍不住调侃他们。

斯拉卡巴尔迪故意摆出一副严肃的表情,大声说道:"玩游戏和年龄可没有任何关系!"

"而且没有棋子和骰子,我们也没法儿玩。"费里尼补充道。

"盒里没有吗?"吉尔达一边问,一边在盒子里翻找起来,"没有棋子的话,这张棋盘又有什么用?"

"相信我,有没有棋子并不重要。"费里尼回答道,"就像之前一样,埃瓦里斯通叔公应该只是想让我们进行推理。而且故事里的棋子,我们也已经知道是什么了。"

吉尔达露出了惊讶的表情,她看着费里尼:"是人物吗?"

"没错。"

"那骰子呢,骰子是什么?"

"从某种意义上来说,骰子就是作家,因为是作家来决定什么会发生,什么不会发生。"斯拉卡巴尔迪说,"至于故事嘛……就像你看到的这张棋盘一样,故事就是将不同的格子相连,组成的一条路线。"

吉尔达观察着这张游戏棋盘:纸上有很多格子,有的格子里画着动物的卡通形象,走到这样的格子上时,就需要再掷一次骰子;还有一些格子,走到上面时会受到相应的惩罚,比如会让你倒退回去,或者干脆直接让你回到起点。借着忽明忽暗的烛光,吉尔达觉得自己似乎有些明白两位作家的意思了。

"一个故事就像一场棋盘游戏……"她自言自语道,"它有开头,有进行比赛的棋子,就像故事里的人物一样,有不同的格子对应着故事里可能发生的各种事情,然后还有终点,代表着故事的结尾。"

听着吉尔达的分析,费里尼和斯拉卡巴尔迪不住点头。可是吉尔达却觉得有什么东西在困扰着她,于是继续说了下去:"路线是由不同的格子组成的,可是棋子只会在其中一些格子上停留,有的格子会被直接略过。对于故事来说,难道也是这样的吗?"

"没错。"斯拉卡巴尔迪回答道,"你的叔公想告诉我们的是——当然我也非常赞同他的观点——在开始创作一个故事前,也就是在第一次掷骰子的时候,对你的人物会在哪些格子上停留,也就是人物行进的路线,你需要有一个大体的构想。"

"大体的构想?"吉尔达惊讶极了,"我读了很多书,那些作家在写一个故事的时候,可都是详详细细的呀。"

"这是自然的。"费里尼说,"不过就像骰子决定棋子会在哪里停下来一样,作家也需要对人物的走向做出精准的规划。"

"嗯……能举个例子吗?"吉尔达问道。

"让我想想……比方说,你故事的主人公是一个吸血鬼迷,你本想让她去特兰西瓦尼亚①旅行,可是之后你又觉得这样的安排会让故事的节奏变得拖沓,所以你决定让你的主人公两年前就去特兰西瓦尼亚,而对于那场旅行,你在故事里只是简单地交代了几句,就一笔带过了。"费里尼解释道。

吉尔达点点头,她终于有些明白了。

"没错。一开始,你的思路可能不是那么明确,不过随着写作的深入,你会慢慢做出决定,决定人物会在哪些格子上停留,又会略过哪些格子。当然,人物行走的路线是否畅通无阻也是由你来决定的。从开头到结尾,故事是由不同的小事件串联起来的,而随着故事的展开,你的思路会越来越顺畅,刚开始创作时的不确定,也就……啪地烟消

---

①特兰西瓦尼亚,旧地区名,指罗马尼亚中西部地区,是传说中吸血鬼的故乡。

云散了。"说着,斯拉卡巴尔迪做了一个变魔术的动作。

"啪……"吉尔达若有所思地重复了一声,"可如果路线不畅通呢?"

"那就不是啪,而是咔——咔——的了。"

费里尼发出了一长串响亮的弹舌声,惹得在场的人都笑了起来。

"不管你从事什么职业,都有可能犯错。"斯拉卡巴尔迪说,"所以你需要有一个好的工作方法,来尽可能地降低犯错的风险。在我看来,埃瓦里斯通叔公给我们的建议就是一个很好的方法!"

"玩游戏的……方法?"吉尔达笑了,她略带试探地问道。

"可以这么说。"费里尼赞同地说,"这个方法说到底其实很简单:你需要克服重重的障碍、意外,或者别的事件,把你的人物从起点带到终点。"

"如果阅读故事的人也想要和你一起抵达终点的话……那就说明,你写的故事非常成功!"

解开了谜题,吉尔达、费里尼和斯拉卡巴尔迪三人满足地看着在桌面上摊开的游戏棋盘。就在这个时候,厨房

的门吱呀一声打开了。

两位作家猛地抬起头,眼睛里闪烁着喜悦的光芒。

"第二道菜终于来了!"

练习

请你试着读一本书,或者回想一个你喜欢的故事。把故事中你认为最重要的五个时刻写到笔记本上。此外,请你重点关注故事的开头和结尾。

要写出一个故事,你首先需要知道如何开头和如何结尾。然后,就像游戏里的格子一样,你需要知道随着故事的发展,人物会遇到哪些情况。

请你从头开始构思你的故事。下面是一些你可能用得上的点子:

一个寄错的包裹;

一栋你想进去探险的神秘房子;

一个刚进城,行为古怪的外乡人;

一个照镜子却照不出自己模样的人;

一个无缘无故消失了的朋友。

接着请你想一想,故事会如何结尾。在经历了一连串事件后,你的人物此刻会做出什么样的举动?你觉得什么样的结局会很有趣,而什么样的结局是你最不愿意看到的?

  把你脑子里想到的、所有可能会发生的场景都记到笔记本上,每一行写一个。当你写出至少五个对于你的故事来说必不可少的场景后,你就可以提笔创作了。你会发现,你选择的这五个主要场景需要通过某种方式串联起来,你需要在它们之间填充细节或者新的内容,甚至还要穿插一些其他场景作为故事重要环节之间的过渡。

"在为你的故事寻找突破口吗?
试着把你看到的事物想象得与现实不同吧!"

第十件物品

一枚两面都是正面的硬币

　　安瑟默先生推着一辆小推车,来到了餐桌前。推车上放着一大盘热气腾腾的鲷鱼配烤土豆,葱和百里香的味道弥漫在空气中,让人食指大动。

　　"请先生们用餐。"安瑟默先生微微欠了欠身说道,"先生们是想让我来清理鱼刺呢,还是愿意自己动手?"

　　"请吧,安瑟默先生,由您来就行……"斯拉卡巴尔迪回答道。

　　"不,您别动!不如让我们来给这个晚上增加点乐子吧?"费里尼提议道,他拿出了一枚硬币,"这样好不好……

如果掷出来的是正面,就让斯拉卡巴尔迪来清理鱼刺;如果是反面,那就我来。你觉得这个主意怎么样,吉尔达?"

"只要别让我做就行!"吉尔达回答,"我妈妈常说,被我剔过刺的鱼看起来就像是一团鱼酱!"

"好,那就让我们来挑战一下命运女神吧。"尽管看起来不怎么积极,斯拉卡巴尔迪还是回答道。

安瑟默先生回到了厨房,费里尼则掷起了硬币。朝上的是正面。

"啊,看来今晚是我的幸运之夜!"费里尼高兴地叫道,而他的好友斯拉卡巴尔迪则咬着牙咒骂着,认命地拿起了刀叉。

"其实不止是幸运这么简单。"费里尼悄悄地把硬币展示给吉尔达看。

"天哪,竟然……"吉尔达惊讶极了。

"嘘……"费里尼立刻打断了她,"别说出来!你现在正见证着千载难逢的场景:劳动中的斯拉卡巴尔迪!"

"可是这枚硬币……"吉尔达抗议道。

"我知道,我知道,两面都是正面。"费里尼笑着说,"所以根本不可能掷出反面来。"

"你这个十足的滑头！"听到费里尼的话，正用刀叉清理着鱼刺的斯拉卡巴尔迪大叫起来。不过因为已经开了头，他还是继续着手上的工作，把两条鲷鱼切成薄片。

"你从哪里找到这枚硬币的？"吉尔达问。

"很简单，它就是盒子里的第十件物品。"费里尼回答。

"可是这样的硬币对作家来说有什么用？"吉尔达惊讶地问，"就连用来掷正反面都不行！"

"哦！你可以用它来掷正面和正面哪，还能骗骗某些倒霉蛋，就像刚才费里尼那个恶棍做的那样。"斯拉卡巴尔迪在一旁抱怨着。

"哎呀，别这样……再说你干得也不赖，不是吗？"费里尼盯着盛鱼的餐盘，安抚着他的老友。

斯拉卡巴尔迪还在嘀咕着，费里尼则重新转向了吉尔达。

"我的朋友说得没错。"费里尼说道，"我确实用这枚硬币使了一个小小的诡计。不过一开始，我也是不知情的。"

"真的吗？"

"是的。发现这枚硬币居然两面都是正面，我觉得非常不可思议。在把它从盒里拿出来的时候，我还以为它只是一枚再普通不过的硬币,然而我刚把它翻过来,就意识到这枚硬币与众不同。我想,这大概也是你的叔公会选择它的原因吧。"

"你的意思是,他想吓我们一跳?"吉尔达问。

"从某方面来看,是的……"斯拉卡巴尔迪若有所思地说,他用叉子叉起了一根鱼刺,"而他这么做的目的,就是为了让我们思考:什么样的东西会让阅读故事的人同样感到惊讶,什么样的东西能够引发他们的好奇心?"

"答案难道是像这枚硬币一样的奇怪东西?"吉尔达问。

"对极了!"费里尼点了点头,"这是能够帮助你找到突破口的一个绝佳办法。随便挑选一件再普通不过的东西,比如一枚硬币,然后试着把它想象得……不一样,让它拥有现实里没有的特色。比如一枚只有正面的硬币,一座倒着走的时钟,或者一张摆在天花板上、而不是地上的床!"

"天花板上的床!这个可真滑稽!"吉尔达评价道。

"而且更妙的是,我们还可以在别的事情上发挥这样的想象力。"斯拉卡巴尔迪插进话来,"比方说,把你送到学校后,如果你的父母没有去上班,而是去一个神秘空间执行任务,直到晚餐时间才回来呢?"

"如果我每天早上去学校不是为了学习,而是利用这段时间来拯救世界呢?"吉尔达紧跟着说道。

"如果没有了课间休息呢?"

"如果这场暴风雨永远都不结束呢?"

"如果再也没有白天了呢?"

"如果有人能把蜡烛移过来点,或许我就能看清这些该死的鱼刺了呢?"斯拉卡巴尔迪满腹牢骚地终止了这个话题。

终于有些良心发现的费里尼满足了老友提出的要求。

"这个方法的另一个优点就是,你可以通过任何东西进行练习!比如……一条鱼!"费里尼一边说,一边指了指不远处盛鱼的盘子。

"这些鲷鱼看起来闻起来都棒极了。不过仅凭这两点,显然不足以引发一个有趣的故事。"斯拉卡巴尔迪说。

"没错。我们还要打破常规,让这条鱼变得与众不同。我们可以怎么做呢?"费里尼反问道。

吉尔达思考起来,直到她的目光落到了手中的硬币上。

"我们可以让它吞下一枚金币！海盗们的多勃隆金币！"

"嘿，这个点子不赖！不愧是埃瓦里斯通先生的侄孙女！"费里尼赞赏道。

"用不同寻常的眼光去看待周围的人和环境，看待身边再普通不过的事物，只是众多帮助你构思故事的方法之一。不过这个方法很有效，而且能够锻炼你的想象力。"斯拉卡巴尔迪补充道，他终于在和鱼刺的搏斗中取得了胜利。

把一个装着鲷鱼片和烤土豆的盘子递给吉尔达后，斯拉卡巴尔迪又同样给自己准备了一份，至于第三个盘子，他放进去的则是鱼头和鱼骨。

斯拉卡巴尔迪的眼睛里闪烁着狡黠的光芒，他拿起了桌上的硬币："让我们再给这个晚上增加点乐子吧……如果掷出来的是反面，这盘鱼骨就归我，如果是正面，就由亲爱的费里尼来解决好了！"

练 习

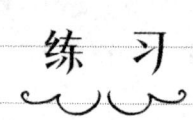

　　请你在笔记本上列出十件物品、十个人物、十只动物或十幕场景（你可以根据自己的喜好来进行选择）。然后，请你在列出的每一项下，用"如果……"句式造句，试着用逆向思维来重新设想。比方说：如果狮子吃素？如果蝴蝶会叫？你的点子是什么样的并不重要，重要的是你需要训练自己逆向思考问题的能力，这样你就能创造出你从未想过的东西，然后展开你的故事了。

"每个故事都应该有一个核心，一个能让人记住的中心思想。"

第十一件物品

一个金色的小相框

"看到了吧,吉尔达?"费里尼嘟囔道,"你不能相信任何人,就连某些朋友也不行!"

费里尼一边说,一边瞥了他的老友斯拉卡巴尔迪一眼,而后者正心情愉悦地享用着剔好刺的鱼肉,品尝着芳香的美酒。至于那些配着鱼肉的土豆,斯拉卡巴尔迪宣称,那是他有史以来吃过的最美味的烤土豆。

费里尼的那份鲷鱼此刻还躺在推车上。虽然已经被切成了片,不过因为斯拉卡巴尔迪处理得不够认真,里面肯定还藏着些许鱼刺。费里尼倒掉了盘子里的鱼头和鱼骨,给自己盛上了鱼肉和一大份烤土豆,重新回到座位上。他叉起一块土豆,放进了嘴里,正如斯拉卡巴尔迪说的那样,土豆确实美味极了。

吉尔达只吃了一丁点儿鱼肉,比起盘里的美食,她的注意力更多地集中在叔公留下来的红盒子上。

"这是第十一件物品!"说着,吉尔达把一个小小的东西放到了餐桌上。

这是一个小巧精致的金色相框。可奇怪的是,相框里放的既不是图片也不是照片,而是一张便笺。在便笺的中央,有一个用黑墨水画成的、小小的心形图案。

"这应该就是人们常挂在嘴边的,事情的核心了。"费里尼打趣地说。

"那是什么?"吉尔达问。

"核心的话……就是中心!"斯拉卡巴尔迪意味深长地回答。

"哦,真是太感谢了!这个我也知道。"吉尔达翻了个白眼,她把下巴支在桌面上,仔细地观察起那个小小的相框。

"从大小上来看,是颗心没错……很小很小的心。"

"或者应该说,是一颗很简单的心。"斯拉卡巴尔迪补充道,"鉴于我们现在讨论的是故事的中心,所以,如果想要你的故事吸引人的话,你就得让这颗简单的心强有力地跳动起来。在我看来,埃瓦里斯通叔公之所以选了一个这么小的相框,就是为了告诉我们,如果一个故事真的有核心,那么这个核心一定可以用简单的几句话概括出来。"

"并不是所有故事都能被简单地概括!"吉尔达并不赞同。

"事无巨细的话,当然不可能……不过只概括最核心的情节是可以的。怎么样,要不然我们试试看?"斯拉卡巴尔迪提议道。

顾不得回应斯拉卡巴尔迪的提议,吉尔达立刻思考了起来。很快,她就说出了一个故事:"《白雪公主》!"

"从前有一位很漂亮的女孩,她自负的继母嫉妒她的美貌,因此想要毒死她。"斯拉卡巴尔迪立刻回答道。

"《侠盗罗宾汉》!"

"一群志同道合的朋友聚在一起,反抗暴戾的富人们的故事。"

"'哈利·波特'系列!"

"一个小男孩发现自己是一名巫师,他必须冒着生命危险对抗那个杀害了他父母的邪恶敌人。"

"《魔戒》!"

"一个原本无忧无虑的霍比特人,突然发现他的戒指拥有无比强大的魔力,而那枚戒指,则关系着整个中土世界的存亡。"

吉尔达没有再说话,她一脸惊讶,看那模样就好像是在说:"天哪,竟然是真的!"

而斯拉卡巴尔迪则满足地微笑着,又把一块烤土豆放进嘴里。

而费里尼千方百计地想要为难一番自己的老友,便开了口:"那让我们来看看你怎么概括……《傲慢与偏见》!"

斯拉卡巴尔迪匆忙咽下嘴里的土豆,回答道:"一个男人和一个女人,在克服了傲慢、偏见和不必要的误解后,终于发现了他们俩其实是天生一对……嗝儿——"

费里尼笑了起来。

"我的朋友通过了考验。"说着,他重新转向了吉尔达,"但这并不是因为他很聪明,明白我的意思吗?这恰恰证明了埃瓦里斯通叔公的观点:如果一个故事有核心的话,你一定会发现它的!"

练 习

　　请试着用尽可能简练的语言,去概括你读过的书或者看过的电影。你能只用一句话就概括出它们的核心吗?

　　在你开始创作你的故事时,就算你已经对故事的人物、情节以及故事发生的地点有一个大致的构想,也请你再试着问一问自己:我的故事的核心是什么?如果用一句话概括出来,要怎么说?

"每个故事都有其发生地。在创作故事时，你需要对故事的发生地有一个清楚的构想。这时候，地图或许能给予你帮助。"

第十二件物品

一幅袖珍的威尼斯地图

吉尔达又在盒子里翻找了一阵,她拿出了标着数字"12"的物品,那是一幅袖珍的威尼斯地图。

"好漂亮!我最喜欢地图了!"吉尔达赞叹道。

吉尔达在桌上清理出一片空间来展开地图,她一面仔细观察着,一面用手指描摹着地图上蜿蜒曲折的威尼斯运河。

"你们作家,是不是只需要看看地图,就能想象出在那些地方会发生什么事?"吉尔达好奇地问。

"呃……像叹息桥这样的名字,确实很容易引发人的想象。"费里尼点点头,他着迷地注视着桌上的袖珍地图,"不过我觉得这应该不是这幅地图想要告诉我们的。"

"那是什么?"

"或许我们应该往简单的方向思考,亲爱的吉尔达。"斯拉卡巴尔迪说,在发现烤土豆被吃光后,他流露出了一丝明显的失落,"通常情况下,我们用地图来做什么?"

"不让自己在一个陌生的地方迷路?"吉尔达不太确定地回答。

"没错,正是这样!"斯拉卡巴尔迪点了点头,"你已经说出了答案。"

吉尔达看着他,皱起了眉头:"可作家不都是坐在书桌前写作的吗?怎么会迷路?"

费里尼用食指点了点额头:"是你的思路,你的想象力。如果你的脑海里没有一幅故事发生地的清晰地图,人物们很有可能会迷路的。"

吉尔达思考了一阵。"好吧……如果我想写一个发生在威尼斯的故事的话,这幅地图可能会很有用。"吉尔达一边说,一边指了指她眼前的地图,"可如果故事是发生在一个我创造出来的地方,我该怎么办?"

"如果是那样的话,你就得拿起纸笔,自己动手画一幅地图了。"

"可是我不会画画。"吉尔达愁眉苦脸地说。

"你可以看看斯拉卡巴尔迪画的地图,它看起来就像有只腿上沾着墨水的蟑螂在纸上爬过一样。"费里尼笑着说道,"画得好不好并不重要,你的地图不需要是一幅艺术品,只要里面包含着你需要的信息就够了。"

"没错。比如说你的人物生活的地方,和那些在故事发展中很重要的地方。除此之外,画地图还可以帮助你厘清思路:这些地点之间相隔多远?你的人物如何在这些地点间移动?是走路,是飞行,还是通过地下暗道?一个地点和另一个地点之间会有什么东西?从一个地点向另一个地点移动的时候,人物会看到什么样的景象?这些你都要想清楚,因为只有这样,你才能让你的人物合理地在地图上移动。"

"真的这么重要吗?"吉尔达问。

"是的。"斯拉卡巴尔迪回答,"在你写作的时候,脑海里如果有一幅清晰明确的地图,会帮你节省很多力气。"

"……还能让你尽量少犯错!"费里尼赞同道。

见吉尔达好奇地望着他，费里尼继续说了下去："曾经有一次，我想偷偷懒，不在地图上浪费时间……结果到故事写完的时候我才发现，我那位勇敢的骑士竟然花了两个礼拜的时间，才到达了距离他出发的城市只有一步之遥的小镇！"

"所以，"斯拉卡巴尔迪嗤笑道，"我们的费里尼不得不改变他的故事主人公，让那位勇往直前的骑士变成一个骑着无腿马的忧郁骑士，或者……"

"或者将故事里的地理环境大改一番，而我最后也确实是这么做的。不过如果我事先绘制了一幅清晰的地图的话，就不会犯这个错误了。"

"瞧，吉尔达，这就是一个很好的教训。你需要了解故事里的地理环境，就算是想象出来的世界也一样。"斯拉卡巴尔迪说。

"所谓的地理环境，并不局限于'什么东西在哪个位置'。"费里尼补充道，"打个比方，如果你的人物正在穿越一片森林，可在你的描写里却连树都没有出现过，那么很明显，你的故事就有些不对头了。"

"或者换个例子，如果故事发生在这座岛上，故事里却从来没有出现过'恶风',那我们创作的故事就站不住脚了。"

"你抓住了重点!"斯拉卡巴尔迪称赞道。

"那就好。不过……除了这点之外,就没别的了吗?"吉尔达问。

"哦,当然有了!还有……餐后甜点!"费里尼满怀希望地回答道。

练 习

当你构思的故事开始成形时，请你画出一幅故事发生地的草图。就算故事几乎只发生在家里，或者发生在同一栋大楼里，你也可以有所作为：你可以画出建筑物的平面图，而这可以极大地帮助你，让你能够流畅自如地描写人物的活动。

这里有一个小小的建议：你可以按照你家的模样来绘制这张平面图，这样你就能十分了解房间的布局了。你会发现，有很多东西都可以画在地图上，而一旦画在了地图上，这些东西在故事的发展中可能会变得非常重要。如果你是按照现实来绘制地图的，那就请你尽可能地把它画得与现实相符。如果是一个幻想的世界，则请你一定记住，你画出来的东西应该是符合逻辑的，比如说，河总是从山上流下来的，而不是相反！

"故事缺少新鲜的点子？
试着去做一些不同寻常的事吧！"

第十三件物品

一张去北极的船票

就在这个时候,安瑟默先生的身影出现在了门口,他询问两位作家晚餐是否还合胃口。

"棒极了!"费里尼拍了拍肚子,十分肯定地回答。

"还吃得下甜点吗?"吉尔达的父亲继续问道。

"甜点是贝丝奶奶做的。"吉尔达在一旁悄悄地说,"可好吃了!"

"怎么说,费里尼?你的肚子还有地方吗,能不能吃得下?"斯拉卡巴尔迪问。不过这显然只是一个流于形式的问题。两位馋嘴的美食家当然不可能错过贝丝奶奶的甜点。

"嗯,或许还有那么一点儿地方。"费里尼的语调十分悲壮。

听了两位作家的话,安瑟默先生重新回到厨房,去准备甜点了。

"那这个呢,你们有什么看法?"等到房间里只剩下他们仨,吉尔达就迫不及待地把第十三件物品递到了两位作家眼前。

那是一张淡蓝色的长方形船票。

"海达路德号的船票!那可是挪威最具传奇色彩的邮轮!"在察看了一番船票后,斯拉卡巴尔迪激动得大叫起来。

"目的地:北极!"费里尼紧跟着念道。

"我的天哪,那该有多冷……"吉尔达裹紧了身上的毛线衣。

"六天六夜……"斯拉卡巴尔迪也跟着打了个寒战。

"你们觉得为什么这张票会在盒子里?"吉尔达问。

"谁知道呢……"斯拉卡巴尔迪回答说,"埃瓦里斯通叔公去过北极吗?"

"我记得妈妈好像和我说过,叔公从来没有离开过这座岛……"吉尔达回忆着,"而且,如果他真的去过那儿,客厅的墙上应该会挂着一条从那儿钓上来的可怜的鱼,不是吗?"说着,吉尔达调皮地笑了。

费里尼也笑了起来。

而斯拉卡巴尔迪呢,则露出了一副向往的神情。

"北欧邮轮!"他叹了口气,"我一直都梦想着有一天能乘上一艘像那样的邮轮,或者一艘往返于密克罗尼西亚①各个岛屿之间的邮轮……"

"用墨水书写纸质信件,乘着轮船,穿越海洋,往返于陆地之间……"费里尼点了点头,"不可否认,这里面的确蕴含着一种昔日的魅力。"

听了两位作家的对话,吉尔达从椅子上蹦了起来,一双眼睛睁得圆圆的:"我想到了一个点子!故事可以这么开头——一个冻在冰山里的、装满信件的包裹被找到了!"

"棒极了!"费里尼称赞道。

"看来埃瓦里斯通叔公的盒子起作用了!你的脑袋里已经开始喷涌出点子了。"斯拉卡巴尔迪笑着说,"而且,你

---

①密克罗尼西亚,西太平洋岛国,全国有六百零七个岛屿。

也不用真的去北极,你可以借助想象力来完成这趟旅行。"

吉尔达有些惊讶:"你的意思是,只用买一本旅游指南,然后想象自己去旅行就好了?"

"是,也不是。"费里尼回答道,他嘬了嘬嘴,"有时候这办法有用,就像你刚才那样,当你听到或者读到某个你没听说过的地方的时候……叮!一个点子突然就冒出来了。不过不管怎么说,亲自游历一个地方,这样的经历还是无法被取代的,因为用你的双眼去观察,完全是另一种体验。"

"而且你也不用非得去北极或者巴布亚①这样的地方,其实只要在意大利四处走走,你就能发现很多惊人的地方!"斯拉卡巴尔迪补充道。

"惊人?真的吗?"吉尔达有些不太相信。

"当然了。比方说托斯卡纳的巴尼奥-维尼奥尼②,这个小镇的市中心不是一个广场,而是一片湖泊!或者白露

---

①巴布亚,即巴布亚新几内亚独立国,简称巴布亚新几内亚,是南太平洋西部的一个岛国。
②巴尼奥-维尼奥尼,坐落在意大利托斯卡纳大区的奥尔恰谷西侧的小镇。

里治奥古城①,这个小村庄位于一座正在逐渐垮塌的山丘上。如果你去的是维罗纳②的话,那里有一栋修建在轨道上的向日葵别墅,每隔九小时,屋子就会自己旋转一周……"

"一座旋转的房子?我才不信呢!"吉尔达叫了起来。

"可是它真的存在,是我亲眼所见的!"斯拉卡巴尔迪肯定地回答。

"我可以做证,当时只是瞧着它,我的朋友就出现了晕船的症状。"费里尼忍俊不禁,"好了,不开玩笑了。所有作家其实都是从他们的所见所闻和他们看待事物的方式中汲取灵感的。比如说大作家儒勒·凡尔纳③,在游览了斯特龙博利火山④后,因为太受震撼,他便把那里作为《地心游记》故事中主人公们从地心回到地面的出口。"

"在你创造幻想的世界时,我们所在的这个世界更是

---

①白露里治奥古城,地处意大利拉齐奥大区,是宫崎骏笔下《天空之城》的原型。

②维罗纳,意大利北部城市,2000年入选联合国教科文组织的世界遗产。

③儒勒·凡尔纳,19世纪法国小说家、剧作家及诗人。代表作有《格兰特船长的女儿》《海底两万里》《神秘岛》等。

④斯特龙博利火山,位于意大利西西里岛北部的利帕里群岛中一个圆形的小岛上,是欧洲活跃的火山之一。

一个巨大的灵感库。"斯拉卡巴尔迪继续说了下去,"我们就用一个之前提到过的作家来举例好了,比如说托尔金……"

"写《魔戒》的那位?"

"没错,正是他。他似乎就是在布雷肯比肯斯国家公园①散步的时候,找到了索伦要塞的灵感。至于莫利亚矿洞的构想,则是在他游览了波兰的维利奇卡盐矿②,看到了国王圣瓦茨拉夫的铜像后产生的。现在还有很多书迷去参观劳特布龙嫩瀑布,因为那里是托尔金笔下的精灵王国——洛丝萝林的原型。"

"如果你要听例子的话,斯拉卡巴尔迪还能再继续讲上好几个小时,不过为了不让你觉得太过无聊,我们就此打住吧。"费里尼适时地插话道。

"好吧……不过还有一件很重要的事。"斯拉卡巴尔迪说,"吉尔达,你要知道,其实在家附近进行一次简单的散

---

① 布雷肯比肯斯国家公园,位于英国,包括山地、荒原、森林、牧场、湖泊、河谷等多种地形。

② 维利奇卡盐矿,位于波兰克拉科夫市附近,是一个从 13 世纪起就被开采的盐矿,现已基本停产。1978 年被联合国教科文组织列为世界文化遗产。

步,也可以成为你寻找灵感的旅行。"

"什么?可我家附近的景色,我已经看过好几万次了!"吉尔达反驳道。

"正因为你看过了好几万次,才不会再去观察它们!"斯拉卡巴尔迪说,"试着去好好地观察它们一次,你会发现很多东西,发现很多平时被你忽略掉的细节。"

"没错。马塞尔·普鲁斯特[①]曾经这么说过:'真正的发现之旅并非发现新景观,而是有新的目光。'"费里尼赞同地接过话来,可就在他准备开始长篇大论时,厨房的门再次发出了一声吱呀的轻响。

"说到目光……"费里尼几乎立刻就把理论抛到了脑后,"如果我没看错的话,那应该是一个可口的无花果馅儿饼?"

[①]马塞尔·普鲁斯特,20世纪法国著名小说家,代表作为《追忆逝水年华》。

练 习

　　什么地方会激发你的想象?亚马孙的热带雨林?曼哈顿的摩天大楼?还是一望无际的辽阔草原?请你选择一个地方,然后利用互联网进行检索,找出和那个地方相关的文字和图片信息,并认真地阅读这些信息。

　　阅读时,请随时竖起你的"头脑天线",试着从你读到或看到的内容里捕捉故事灵感。如果你找到了灵感,请立刻把它写到笔记本上。

　　当你在游览一个全新的地方时,也请你这么做。请你仔细地观察每一处事物,去发现那些不同寻常的有趣细节。如果你近期没有外出旅行的计划,你也可以到一个熟悉的地方走一走,仔细地观察四周,就像是第一次去那里一样,你还可以根据看到的景物对自己提出一些问题。灵感或许就藏在某个角落里,而你要做的,仅仅是抓住它!

"或许你会觉得奇怪，不过有时候，暂停写作，去做些别的事，会让你的创作更加顺畅！"

第十四件物品

两根网球鞋的鞋带

　　吉尔达说得没错,贝丝奶奶做的无花果馅儿饼味道好极了。馅儿饼有三块,吉尔达也分到了一块,此刻她正咬着属于她的那块馅儿饼。

　　不过显然,有个念头正在吉尔达的脑袋里盘旋着。

　　"我能……我能告诉你们一件事吗?"吉尔达好不容易鼓起勇气,开了口。

　　"当然!"两位作家一齐答道。

　　"嗯……其实,不仅妈妈说我应该当一名作家……我自己也希望如此!"吉尔达坦白道。

"我一点儿也不惊讶。你呢,费里尼?"斯拉卡巴尔迪问。

"我也是。埃瓦里斯通叔公是一个头脑聪慧的人,而你,吉尔达,看得出来你继承了他的这个优点……不,应该说,你就是他的'翻版'!"费里尼回答。

吉尔达露出了笑容,她再次开了口:

"事实上……怎么说呢,我曾经想写一个故事,主人公是一个小女孩,她是一名海盗……"

"听起来很有趣。"斯拉卡巴尔迪说。

"我也很喜欢这个点子!"吉尔达继续说了下去,"可是当我提起笔,准备开始写的时候,就……"

"就?"

"就没了……我卡住了!"吉尔达重重地摇了摇头。

就在这时,斯拉卡巴尔迪从盒子里拿出了下一件物品,可是他没有把这件物品展示给任何人看。

"卡住了?是不是感觉就像在对付一个不知道该怎样解开的结?"斯拉卡巴尔迪反问道。

"是的。"吉尔达耸了耸肩,"差不多就是这个感觉。"

费里尼朝自己的好友投去了疑惑的一瞥:"你这是怎

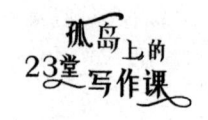

么了?怎么突然开始用这种文绉绉的比喻了?"

"哪里文绉绉了!我只是打个比方而已。在创作故事的时候,思路的确会时不时地打结,而我们的埃瓦里斯通叔公早就预见到了这个问题!"

说着,斯拉卡巴尔迪用非常戏剧化的动作把刚从盒子里拿出来的物品展示给吉尔达和费里尼看:那是两根鞋带,它们互相缠绕着,拧成了一个漂亮的结。

"鞋带吗……"吉尔达疑惑地低声说。

"这就是我刚才说的,需要解开的结。"斯拉卡巴尔迪说。

为了把绳结看得更清楚些,吉尔达抻长了脖子。

"呃……看着就像一个不可能完成的任务,就像我没办法把那个海盗女孩的故事继续写下去一样!"吉尔达评论道。

"我们可以借鉴亚历山大大帝对付哥丹结的办法。据说没人能解开哥丹结,结果亚历山大大帝直接用剑将它劈开了!"费里尼模仿着那位著名皇帝挥剑的姿势,把餐叉猛地插进了馅儿饼里。

"如果是我的话,大概会用一种和他完全相反的办法。"斯拉卡巴尔迪说,"好了,让我们回到正题上吧。亲爱的吉尔达,你要知道,作家们在创作故事时,或早或晚都会遇到思路打结的情况。而且这种情况,一般都会出现在你最没有防备的时候。不,或许应该这么讲,太过顺利才是你真正需要担心的。"

"你们俩又在骗我,又在逗我玩了!"吉尔达并不相信两位作家的话。

"没有的事!"斯拉卡巴尔迪回答道,"新奇有趣的故事就像电线,只要把它们搁在衣兜或口袋里,就会缠绕成一团,没人知道究竟是为什么。你难道没遇到过吗?"

吉尔达笑了:"我的耳机线!它总是缠成一团!你们有什么解决的办法吗?"

"亚历山大大帝的办法,用剑劈开它!"费里尼继续坚持自己的观点。

"从某种意义上说,在解决创作思路的问题时,这种简单直白的方法的确可行。"斯拉卡巴尔迪若有所思地说,"当你卡住的时候,或者思路不太顺畅的时候,你就需要停下笔,去做些别的事了!"

"什么事?"吉尔达越发好奇起来。

"去跑步！"斯拉卡巴尔迪回答，"去做些运动！比如游泳那种简单的、不必动脑的运动。这样你的思绪就会被清空，那些烦人的结也就通通消失了！"

"嗯，也不能说所有结都会消失……"费里尼补充道，"不过我们的大脑有时候的确是这样的。要找到答案，你就要转换思维，去想些别的事情！"

"那你也会去跑步吗，当你不知道怎么往下写的时候？"吉尔达问。

"跑步？！"费里尼惊叫道，"不！我宁愿拿榔头砸我的脚！一般我会去散散步，或者做一些简单的事情，只用动手、不用动脑的事情，就像是……洗碗。"

吉尔达看着他，惊讶极了。

"怎么了，有什么不对的吗？就算是作家，也是会洗碗的呀……"

"很高兴知道这一点！"就在这时，一个很高的声音响起，满脸笑容的安瑟默先生出现在了门口，手里拿着一瓶准备让客人们品尝的青核桃酒。

练 习

　　你的故事卡住了吗？你想让主人公在火车上遭遇他的宿敌，却找不到一个合理的方式来让这一切发生？在银河系里漫游的宇宙飞船必须要改变航线，你却找不到让它改变航线的理由？如果在思考良久之后，你还是找不出解决的办法，那就停下笔，去做一些你喜欢的事吧！跑步、骑自行车、玩游戏机、和你的小狗一起出门散散心、一边听音乐一边跳舞……不管做什么都可以，只要能让你放松就行。等你把故事和遇到的问题完全抛到脑后，就可以重新启动清空的大脑，再一次展开思考了！

"作家也有他的'职业工具',换句话说,就是他在写作时不可缺少的工具。"

第十五件物品

一本简易词典

只看了盒子一眼,吉尔达就发现里面剩下的物品已经不多了。

这让吉尔达有些失落。她从没想到,探索一个盒子竟然会这么有趣!

吉尔达从盒子里取出了贴着数字"15"的物品,那是一本深色封皮的袖珍书。她快速地翻看了一下,发现那是一本意大利语小词典。

"啊,我们亲爱的老朋友终于登场了!"费里尼站了起来,"我一直在想,它什么时候才会出现呢!"

"和我们并肩战斗的可靠伙伴!"斯拉卡巴尔迪立刻表示了赞同。

"可它只是一本词典哪!"吉尔达不解地说,"而且还是一本很旧的词典,里面有好多词我都没听说过。"

"或许在你看来只是一本词典而已,可是对于作家来说它却无比珍贵,就好比对于厨师来说,一个装着全世界所有调味品的橱柜是多么重要!"斯拉卡巴尔迪说。

"哈!这可是我听过的最古怪的比喻了。"费里尼嘟囔着。

"不管古不古怪,事实就是这样。你想用的词都在这里面,还有那些你根本就不知道的词语,而那些词在某一天很有可能会派上用场。"斯拉卡巴尔迪回答道,"这么看的话,埃瓦里斯通叔公的用意其实很明显……"

"他的意思是,我得读完这一整本词典?"吉尔达面露惊恐地问道。

"你不用把它从头到尾读完,不过你需要把它放在触手可及的地方,这样在必要的时候,你就能快速查阅它了。"费里尼解释着,"除此之外,在作家的书桌上,还应该常备一些其他的书。"

"真的吗？哪些书？"

"肯定不是阿斯托法兹教授的那四本《后现代符号叙事学理论基础》！"斯拉卡巴尔迪飞快地回答道。

"放心吧，那四本书你可不用读。你需要准备的是收录同义词、近义词、反义词的词典。"费里尼说。

"就是收录着那些……很相近或者很不同的词的词典？"吉尔达问。

"没错！也可以换个说法，收录着……近似、类似、相似、相仿、相像、相同、相通、一致、同一、同样、等同、相等、相当的词的词典！"斯拉卡巴尔迪一口气说道，接着，他又继续说下去，"或者是，不同、互异、对立、相斥、相反、相异、相对、相悖的词的词典！"

"哇！"吉尔达惊叹道，"你是怎么做到的？"

"因为我平时就很喜欢收集同义词和反义词！"斯拉卡巴尔迪笑了。

"对了……我还建议你准备一本分类词典！"斯拉卡巴尔迪插话道。

"一本……什么？"

"分类词典！"斯拉卡巴尔迪重复了一遍，"一本很有用的工具书。从某种意义上说,你可以把它看成一种反向的词典。这种词典不是从词语出发,去解释每个词的含义,而是列举出现实里的各种事物,然后告诉你这些事物的具体名称!"

吉尔达的一双眼睛睁得圆圆的,费里尼从她的表情看出,她并没有弄明白分类词典到底是什么。

"打个比方吧……假设你在查找'马'这个词。"

"好的!"

"然后呢,在分类词典里,你会找到所有种类的马的名称、描述它们毛皮颜色的词语,以及和马相关的各种表达,比如马车、骑马、赛马、马群……"

"天哪,我从没想过马身上有那么多东西可以学!"吉尔达惊讶极了。

"哦,那可太多了!有一句和马有关的谚语不就是我们常说的吗:别人送你一匹马,你就不要掰开马嘴挑剔了!"费里尼俏皮地回答。

"说到这个,像刚才费里尼说的谚语,你可以在谚语词典上找到,或者你也可以查阅名言警句词典,这种词典按照不同的话题分别收录了各种经典的句子。"斯拉卡巴尔迪补充道。

听了他的话,费里尼笑了起来。

"你敢和吉尔达说说,上中学的时候你是怎么写作文的吗?"

"快告诉我!"吉尔达立刻追问道,"你是怎么做的?"

"我把《同义词反义词词典》的封皮扒下来,然后把它套在了《名言警句词典》上。"斯拉卡巴尔迪回答道,脸上露出了调皮的笑容,"这样,每到写作文的时候,我都能抄上几句伟人们的话,然后每一次都能给老师留下深刻的印象!好了,从这件事里,你能得到什么启发呢?"

"嗯……意思是,你在念中学的时候是个一等一的懒鬼?"

"哦,不!意思是说,准备好能供你随时查阅的工具书是很有必要的!"

练习

  你的家里应该常备一些工具书,并不仅仅是为写作准备的,很多时候它们都能派上用场!

  比如说,你可以用这些工具书和朋友们做一个非常有趣的游戏,游戏的步骤是这样的:请你们轮流从词典里挑选一个奇怪的词,把它朗读出来。而游戏的其他参与者需要在一张纸上写下对于那个词的释义。每一轮选词的人需要把在场其他人的答案收集起来,并在念完参与者的答案后,公布词典上的正确解释(在此之前,注意不要让任何人看到正确答案)。然后,请参与游戏的所有人进行投票。写出正确解释的人得一分,那些得到了他人投票的人,也得一分。

"风格并不是全部,但是学会选择风格,是非常非常重要的。"

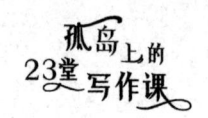

第十六件物品

一个漂亮的蓝天鹅绒匣子

餐厅的灯亮了起来,三双眼睛齐齐望向了天花板。接着,餐厅对面的客厅里,电视机屏幕上也再次出现了画面。

"奇迹!"费里尼叫了起来。他喝光杯里的最后一滴青核桃酒,飞快地冲向了电视机,而他的朋友斯拉卡巴尔迪则紧随其后。

电视机屏幕上,一个大下巴的赛车手正朝着车窗外微笑,跑车的马达轰隆作响,一人一车在暮色中渐行渐远。与此同时,一名穿着制服的加油站工人向驶离的跑车不断挥手致意,看他的模样,就好像那名赛车手不仅给汽车加了油,还刚刚打败了入侵的外星人,拯救了世界一样。

"真是两张蠢驴脸!"斯拉卡巴尔迪尖刻地评价道。

"就不能让我们知道一下结果嘛!"费里尼也抱怨着。

很显然,国家杯的比赛已经结束了,可两位作家根本不知道比赛的结果是什么。

那则广告过后紧跟着播放了另一则广告,然后又播放了一则广告。斯拉卡巴尔迪泄气地跌坐在沙发上,而费里尼则依旧固执地伫立在电视机前,一副不认命的模样。

对比赛结果丝毫没有兴趣的吉尔达从盒里拿出了第十六件物品。那是一个蓝色天鹅绒小匣子,吉尔达仔细地观察着它。

"看样子,应该是到了正式动笔写作的时候了。"吉尔达一边说,一边打开了匣子。匣子里装着一支钢笔、一支圆珠笔和一支铅笔。

"没错,不过埃瓦里斯通叔公却把一个选择推到了我们面前。"斯拉卡巴尔迪指了指匣子里的三支笔。

"滚开,你们这群贪心的豺狼!"与此同时,电视机前的费里尼高声抱怨道,"我才不会买你们的剃须刀呢!快告诉我到底是谁赢了!"

吉尔达拔下了钢笔的笔帽,在纸上试了试,可是笔尖却不出水,还把纸剐破了。那支圆珠笔写起来则要顺畅很多。而铅笔的笔芯又黑又软,是三支笔里书写起来最流畅的,吉尔达忍不住拿着它在纸上涂了好几笔。

"结果!告诉我结果呀!"电视机前的费里尼苦苦哀求着。

同一时间里,斯拉卡巴尔迪旋开了钢笔的笔杆儿,轻轻弹了弹装着墨水的吸墨管。重新拧上笔杆儿后,他斜握笔杆儿,笔尖朝里,写出了一个小小的花体字母。

"出水了!"吉尔达又惊又喜,"我可以试试吗?"

"当然!"斯拉卡巴尔迪回答,他把钢笔递了过去。

吉尔达握住光滑的笔杆儿,在纸上写下了自己的名字。她对第一个字母"G"的效果不太满意,想要修改,可是手却不小心蹭到了还没干透的墨水,在纸上留下了一大片墨水渍。

"真糟糕!"吉尔达摇了摇头。

"确实有些糟。"斯拉卡巴尔迪笑了,"不过或许应该感谢这'糟糕',多亏了它,你叔公的用意也变得更加清楚了。"

"什么意思?难道他是想说,最好远离钢笔?"吉尔达疑惑地问道。

"哈哈,当然不是！你的叔公应该是想让我们把注意力集中到不同的写作方式上,换句话说,也就是风格的选择上。"斯拉卡巴尔迪耐心地解释着。

费里尼依旧伫立在电视机前。香肠、手机、牙膏以及各种商品的广告一个紧跟着一个。不过尽管如此,他还是留意着吉尔达和斯拉卡巴尔迪之间的对话。

"埃瓦里斯通叔公真是天才！我们现在说的'风格'这个词语,其实来源于拉丁语的'stilus',原本指的是古人在蜡板上写字的工具——尖头笔！这么说,匣子里的笔代表的应该是不同的、可供选择的风格。"费里尼在一旁做着说明。

吉尔达举起了钢笔。

"那我大概不会选钢笔了。"她说,"太麻烦了！"

"别急着下结论！"斯拉卡巴尔迪说,"有时候,华丽复杂的风格可能正是你所需要的。"

"是吗？为什么？"吉尔达问。

"比如说,你想要描写一些非同寻常,或者十分滑稽的

东西时,复杂的长句子和华丽生僻的辞藻就能派上用场了,就像我们刚才用钢笔写出来的那些漂亮的花体字一样。"斯拉卡巴尔迪回答道。

"没错。"正着迷地看着一则奶酪广告的费里尼也点头表示赞同,"但在有些情况下,你就需要一种简单朴实的风格了,就像记者用圆珠笔在本子上如实记录发生的事件一样。"

吉尔达点点头,她终于有些明白两位作家的意思了。

"那……铅笔呢?"吉尔达追问道。

"哦,那个呀!指的应该是那种没经过太多思考就一气呵成的风格。不过你不能指望什么时候都能那么顺利,在第一次尝试时就达到最满意的效果。事实上,大多数时候都不是那样的,所以……"

"所以,需要不断地修改、重写!"吉尔达抢先说道。

"正是如此。"斯拉卡巴尔迪回答。

吉尔达挠了挠鼻尖,陷入了沉思。

"那……我怎么才能找到我自己的风格呢?"她问道。

"很简单,试着去写就行!不要害怕,多去尝试,如果这种风格不适合你,就换另一种风格。然后某一天你会突然发现,某种写作风格已经变成了你用起来最顺手的'笔',成了那支你常用的、绝不会换掉的'笔'。"斯拉卡巴尔迪解释道。

吉尔达点了点头,可她还是觉得有什么东西在困扰着她。

"可如果我喜欢的风格……是别人的呢?"

"你是说别的作家的风格吗?如果是那样的话,很简单哪,你喜欢他的风格……那就抄他的好了!"斯拉卡巴尔迪十分从容地回答。

"看在上帝的分儿上,你可别出这些馊主意教坏我们的吉尔达!"费里尼高声反对道。

"哪里是教坏!"斯拉卡巴尔迪反驳道,"知道吗,吉尔达,模仿一个人的风格,时间越久,你就越有心得。然后你会发现,通过这样不断地模仿,在不知不觉间,你已经把他的风格转变成了一种全新的、不同的、独属于你的风格!得了,费里尼,难道我说得不对吗?"

"不!"他的朋友咆哮着。

但费里尼并不是在回答斯拉卡巴尔迪的问题。事实上,就在刚才,电视画面中出现了一位秃头男人,那是一位

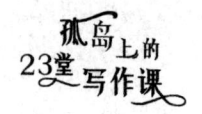

相当出名的体育新闻记者。可就在那位记者张开嘴,准备说点什么的时候……咔嚓!又断电了,只留下电视机黑黢黢的屏幕,像深不见底的山洞似的。

练 习

　　可以这么说，写作风格是从你的遣词造句上体现出来的。

　　你可以做一些小练习，亲自体验一下用某种风格叙述一个故事时所涉及的方方面面。你可以先试着用一种滑稽的语言风格来描写一幕严肃的场景，再用严肃的语言风格去描述一幕滑稽的场景。然后，请你用充满想象力的语言风格去描绘某个现实中的场景，再用最写实的语言风格去描绘一幕充满幻想的场景。

"一个故事可以用不同的方式来叙述，你首先需要选择的，是究竟用第一人称，还是用第三人称来进行创作。"

第十七件物品

一本记事簿

　　黑暗又一次降临，两位沮丧至极的作家在手持蜡烛的吉尔达和安瑟默先生的陪伴下，从餐厅来到了旅店的露台。露台面朝花园，透过花园繁茂的植被，可以隐约看到闪闪发亮的海面。雨已经停了，可狂风依旧呼啸着，吹得树枝不住摇晃。月亮时不时地从云层中探出头，洒下的月光让这片夜色显得不再那么漆黑吓人。

　　"请坐，请坐……"安瑟默先生指着露台上的扶手椅邀请道。椅子摆放的位置非常讲究，坐在上面，可以将花园的景色尽收眼底。不过如果仔细观察的话，会发现椅子上沾

着些许猫毛。

"我本想放点音乐来当伴奏的,可惜没有电……先生们,你们是否愿意再来一点儿青核桃酒?"安瑟默先生问道。

没有别的选择,费里尼和斯拉卡巴尔迪欣然接受了这个提议。

"请放心喝,我们是完全照着埃瓦里斯通叔叔的配方来制作青核桃酒的。这酒喝了可以帮助消化,还不会上头,味道会让人感觉轻飘飘的,就像羽毛一样!"说完这句话,安瑟默先生就告别了客人。

"要我说,是铅做成的羽毛!"斯拉卡巴尔迪抿了一小口青核桃酒,评价道。

吉尔达抱着盒子坐在另一把扶手椅上,听到斯拉卡巴尔迪的话,忍不住笑了起来。

"得了,别诋毁埃瓦里斯通叔公的作品。"费里尼开了口,"不管怎么说,是他给我们提供了乐子,来度过这既没有电也没有足球比赛的一晚,不是吗?"

"很有道理。"斯拉卡巴尔迪承认道,"说到这个,我们的下一件神秘物品是什么?"

称……"

"那你就可以随意从一个地点跳跃到另一个地点,从一个人物的视角跳跃到另一个人物的视角了。举个例子吧,你可以描述一名凶手犯下了什么样的罪行,可同为故事人物的侦探却并不知道这一点,因为你是以局外人的身份来向读者们讲述的。"

"那……"吉尔达问道,"我可以进入人物的脑子里,描写他们在想些什么吗?"

"当然了,吉尔达。身为作者的你,当然拥有这样的能力……不过你要注意,不要经常这么干。"

"为什么?"

"因为如果人物的心理活动太长,会拖慢故事的节奏。你可以通过描写人物的神态和动作,来向读者传达人物的想法和情绪。"

"比方说,如果很生气的话,人物大概会猛拍一下桌子;而如果只是紧张,他可能只会用手指不断敲击桌面。"斯拉卡巴尔迪举例道。

把这些记录到本子上后,吉尔达再次陷入了沉思。

"可如果他心情平静,也没遇到什么困难呢?他的表现

会是什么?"

"啊,如果是那样的话……"费里尼靠在椅背上,惬意地伸直了双腿,"他就会像这样坐着,再来一点儿青核桃酒!"

练 习

  请你随意想象一幕场景,在这幕场景里,至少要出现两个人物。请你选择这两个人物中的任意一位,使用第一人称视角来描写这幕情景。然后,请你将第一人称视角切换到另一个人物身上,再重新描写一遍这幕场景。

  完成上述练习后,请你用第三人称视角重写这幕场景。写完之后,请你仔细比较这三个版本,然后试着问问自己:三个版本中,你更喜欢哪一个?理由是什么?三个版本各有什么优点,又各有什么不足?

"语言非常重要,一定要好好研究,
并学着去合理运用它。"

"如果你想完全融入故事,成为讲述故事的主人公,那就选择第一人称。不过既然你的主人公是'他',你就需要站在'他'的角度思考、观察,从'他'的视角来讲述故事。打个比方,如果你的主人公讨厌猫的话,他肯定不会说出类似'在我面前蹲着一只可爱的大猫'这样的话。"

"对!"吉尔达说,"而应该说成'一只可恶的蠢猫'!"

"没错,就像在椅子上留下这些毛的猫一样。"费里尼调侃道。

"哦,那是我们家的'洋葱'!它很懒,你坐的那把扶手椅正巧是它平时最喜欢待的地方,我很抱歉。"吉尔达向费里尼表达了歉意。

"没事没事,其实我很喜欢猫。"费里尼赶紧安慰她,"让我们回到正题吧!在叙述视角的选择上,你一定要非常谨慎。"

"打个比方,如果使用了第一人称,你就和你的主人公'捆绑在了一起',当别的人物远离你的主人公时,你也就无法得知他们究竟在做些什么,也不应该再对他们的行动进行描写了。"斯拉卡巴尔迪接过了话头。

"确实!"吉尔达用手托着下巴,"可如果我选了第三人

"就完全不同了。"费里尼插进话来,"绝大多数情况下,故事都是以'外人'的角度叙述的,使用的是第三人称。"

"那……那第二人称呢?没人用吗?"

"当然有了!有人就这么做过,不过那主要是为了炫耀他的写作才能。"斯拉卡巴尔迪回答,"我之前已经和你讲过了,对于作家来说,最困难的就是写出一个从开头到结尾都流畅的故事。情节的跳跃、倒叙、插叙等不同的写作方式……这些就像人们常说的'烟幕弹'一样,只是一些写作的小技巧而已。"

"斯拉卡巴尔迪就很爱用这种技巧,那些合同起草人也一样!"费里尼笑着接过了话,"不过我同意他的观点,在写作的时候,这些技巧并不是必不可少的,使用它们只是锦上添花而已。"

正在记事簿上记着笔记的吉尔达抬起头,疑惑地看向了两位作家。

"可是……应该怎么在第一人称和第三人称之间做出选择呢?"

"那就看你想要'进入'故事的程度了。"费里尼回答,

"是它！"烛光中，吉尔达挥舞着什么东西。

"那是什么？"费里尼问，"一本记事簿？"

"看起来是的。"斯拉卡巴尔迪从吉尔达手里接过了神秘的第十七件物品——一本皮质封面的小本子。

"我们一般用记事簿记录日常生活中发生的事，此外，你还可以记下你的观点和想法，这样的话，记事簿会变得更为私密，也就变成了……一本日记。"斯拉卡巴尔迪分析道。

"啊，意思就是说……埃瓦里斯通叔公建议我写日记？弗朗吉丽老师以前也这么和我提议过。"

"这很好哇。"

"一点儿也不好……我可不喜欢那个弗朗吉丽老师！"

"所以？"

"所以我并没有写日记！"

"啊，这可就不对了，亲爱的吉尔达。"费里尼说，"因为写日记确实是一个很好的训练方法。在日记里，你记下的都是日常生活中看到的、听到的、想到的事，这些看起来再简单不过的叙述，其实正是写作的基础。"

"而且，在记下这些事的时候，你还会发现，用简单朴素的文笔写作并不是一件容易的事。你得把所有想说的话都写下来,却又不能太啰唆,同时又不能漏掉任何值得描写的地方……这是一个相当艰巨的挑战,相信我。"

"好吧,好吧……"吉尔达妥协了,"你们说得对。我会努力不去想弗朗吉丽老师,开始试着写日记的,这样总行了吧?"

"好极了!我相信这肯定会对你有所帮助。"斯拉卡巴尔迪表示了赞许。

"那现在我们可以看下一件物品了吗?"吉尔达问。

"或许可以了。"费里尼回答。

就在这时,一道刺目的闪电照亮了露台,就好像一盏警灯突然亮了起来,似乎是在无声地建议他们再仔细思考一番。

"或许还不可以……"斯拉卡巴尔迪开了口。

"为什么?还有什么地方不对吗?"吉尔达问。

斯拉卡巴尔迪挠了挠下巴。

"你想想看,在你的日记里,你记录的都是和自己有关的事,你总是从自己的视角出发,使用的是第一人称'我'。可讲故事的话……"

第十八件物品

一袋猫舌饼干

"谢谢,不过我真是一点儿也吃不下了。"见吉尔达递过来一袋饼干,斯拉卡巴尔迪礼貌地谢绝了她的好意。

吉尔达笑了,她向作家示意了一下饼干袋上挂着的标签,上面写着数字"18"。

"你在想什么呢!这是下一件物品!"

听了吉尔达的话,费里尼接过饼干袋察看起来。

"是佩奇瓦兹老点心铺的饼干,不过已经变硬了。嗯,这次的谜题可有些难哪!"

"或许叔公是想告诉我们,写作的时候要准备点零食?"吉尔达提出了自己的看法。

"如果是那样,我举双手赞成!"斯拉卡巴尔迪说,"如果没有干果、核桃和杏仁之类的东西吃,我根本没办法提笔写作!"

"这也解释了斯拉卡巴尔迪身上脂肪的由来。"费里尼笑着说道,"不过我觉得,这袋饼干会出现在作家的盒子里,或许并不因为它们是饼干,而是因为它们的名字。"

"猫舌饼干?"吉尔达读着包装袋上的文字。

"没错……你有没有摸过猫的舌头?"费里尼问。

"哦,当然!每次我的手指沾上奶油或者酸奶的时候,洋葱都会跑过来舔我!"吉尔达回答,"感觉可不怎么舒服,它的舌头刺刺的,好粗糙!"

费里尼笑了起来:"这就是谜底了!埃瓦里斯通叔公用了一种非常巧妙的方式,把我们的注意力引向了一件非常重要的东西:语言[1]。"

吉尔达转了转舌尖,脸上露出一副困惑的表情,接着,她猛拍了一下额头:

---

[1] "lingua"一词在意大利语中有"舌头"和"语言"两个释义。吉尔达一直误以为费里尼想表达的是"舌头"的意思。

"哦,对……意大利语!叔公想说的是这个!"

"不得不说,这一次他说得也很有道理。"斯拉卡巴尔迪赞同地接过话来,"写作,归根结底,就是在运用语言。你脑袋里的点子只有通过语言,才能凝聚成形,最终出现在纸上。"

"确实是这样。"吉尔达点了点头,细细琢磨着两位作家的话。

"对于一名作家来说,新奇的点子、扣人心弦的情节、引人入胜的故事背景和个性鲜明的人物……这些东西,如果你不能使用恰如其分的语言把它们呈现出来……啪!它们就会像没有施展成功的魔法一样,消失得无影无踪。"

"我懂了,意思是必须用正确的方式来写作……可我怎么才能知道正确的方式究竟是什么呢?"吉尔达问。

突然,一道闪电照亮了远处翻涌的海浪。

"问得好!"费里尼赞赏地说,"要回答你这个问题,只有一个办法……"他朝斯拉卡巴尔迪使了个眼色。

"没错!"斯拉卡巴尔迪点点头,把手里盛着青核桃酒的玻璃杯放回了桌上,"我们用什么例子来说明?公共汽车行吗?"

"好极了！你先来吧。"费里尼回答道。

"行。"斯拉卡巴尔迪搓了搓手，"场景如下：两名男孩在等公共汽车。"然后，他讲述了这样一幅场景——

那是一个寒冷、潮湿的早晨。从天而降的雨水是那么的细、那么的轻，仿佛永远也没有办法抵达地面。泛着水光的沥青路面上，散布着大大小小的积水坑，它们看起来疲惫又沧桑。站台后立着的大树仿佛被一股看不见的力量压迫着，向前深深地佝偻着。

车站的雨棚下，站着两个身穿夹克衫的男孩。他们正小声地聊着什么，可是眼睛却紧盯着地面，像是害怕雨水会突然闯进站台，打湿他们的衣服一样。就这么过了快十分钟，细密的雨幕中终于出现了一抹亮光。17路公共汽车慢慢靠近了站台，一阵吱呀声后，车门打开了。可是当公共汽车再次出发时，却只有一个男孩上了车。

"轮到你了，费里尼！"说完这段话后，斯拉卡巴尔迪做了一个邀请的动作。

费里尼清了清嗓子，开始了他的讲述：

"这雨下得可真烦人。"斯蒂芬一边等公共汽车,一边抱怨道。

"这儿经常这样吗?"他身旁站着的一个男孩问道。

"这个季节经常这样,会下整整一个月的雨。"

"真烦人哪!"

"可不是嘛。路上的水坑太多了,汽车都会陷进去。"

"不会吧?"

"觉得很好笑是吧,可我真的亲眼看到过。一个人想要超车,然后……扑通!就没有然后了。"

"说得我都快信了。"

"你最好把我的话当真。不过你不是这儿的人,对吧?"

"你怎么看出来的?"

"因为你居然把鼻子露在外面。这怎么能行,你的鼻子会冻坏的。"

"感谢提醒。不过你说得对,我刚和爸妈一起搬过来。我准备去买点东西做早餐,你懂的,家里的冰箱还是空的……你呢?"

"唉,我得坐 17 路去学校。"

"哦,我也准备坐那路车。我觉得车应该快到了。"

"坐17路?你要去哪儿?"

"我看上面写着17路的终点站在一个商业中心附近,对吗?"

"呃……你说你想买早餐?那你真的选错车了,朋友。你应该坐52路,在第五站下车,直接去市中心,那儿有一家佩奇瓦兹老点心铺,他们家的巧克力蛋糕可是我们这儿的一绝。"

"哦,谢了!"

"别客气。当心你的鼻子。"

"放心吧,我会把它藏好的!"

斯拉卡巴尔迪鼓起了掌,接着转向了吉尔达。

"听到了吧?同一幕场景,同样的人物,可是……我的版本和费里尼的版本却完全不同。"

"是的!"吉尔达点点头,努力搜寻着能够表达她感受的词语,"你的版本令人感觉很神秘,甚至还有点儿……怎么说呢,阴郁?至于两个男孩说话的那个版本……"

"那个叫'对话'。"费里尼纠正道。

"对,两个男孩的对话,听起来就要活泼得多。"

"还有什么别的感受吗?"

吉尔达又沉思了一阵:"听第一个版本的时候,我好像真能感觉到雨水,还有那种潮湿的感觉……"

"好极了!这正是一个好的描写需要达到的效果。你必须带领读者走入场景,同时又要给读者留出自由想象的空间。"

"那……要写出好的描写,有什么小窍门吗?"

"有很多很多,但每一个都不是百分之百管用。如果你想知道的话,我可以告诉你我的方法。我会假设自己站在远处,由远及近地对场景进行描写。为了给阅读故事的人留下想象空间,我不会事无巨细地把所有东西都描写一遍。然后呢,我会试着在描写中加入一些细节,好让读者对故事的气氛有一种直观的感受……就像我描写那棵树一样,我说树'仿佛被一股看不见的力量压迫着'……我其实完全可以简单地写成'雨水打湿了树叶',可是那样的话……"

"那样的话,就不会给我一种压抑的感觉了,对吧?"吉尔达问。

"对极了,吉尔达,就是这个意思。"斯拉卡巴尔迪赞许道。

吉尔达露出了满意的神色,她转向了费里尼:"那写对话呢,有没有什么技巧?"

"啊!你的人物会说什么话是非常重要的!他们说的话,还有他们说话的方式,能让读者明白很多事。比如,人物是不是接受过教育?他们是在开玩笑还是非常严肃?他们是不是拿不定主意所以才问了一大堆问题?他们是不是特别喜欢摆架子,每次一开口就会说上一堆大道理……而且有的时候,只是简单地运用对话,你就能让读者明白人物究竟来自哪里。"费里尼解释道。

"真的?!"吉尔达露出了将信将疑的表情。

"当然了。如果你的故事发生在意大利,要做到这一点其实并不难,因为在意大利,各地人讲的意大利语或多或少都会受到当地方言的影响。举个例子吧,如果我说'这把扶手椅里有猫毛'①,就表明我来自那不勒斯;如果我在你

---

① 此处原文用了"in coppa"以体现那不勒斯方言的特点,"coppa"意为高脚杯、奖杯,此处用以指代扶手椅凹下去的地方。

的名字前加上定冠词,叫你'拉·吉尔达'①,那就说明我是个不折不扣的米兰人。"

"著名的侦探小说家安德烈亚·卡米莱里②就用了一种非常生动的意大利语来写他的小说,其中很大一部分都是西西里方言。不过,在你变得像他那么优秀以前,我还是建议你只在对话中运用方言或者当地的语言元素,因为那样会让人物间的对话变得更加生动。"斯拉卡巴尔迪补充道。

"从现在开始,我要好好观察那些来旅店的客人,仔细听他们是怎么说话的。"吉尔达一边说,一边又在本子上记了几笔。

"好主意!"费里尼表示了赞同。

"是的,不过如果来的是阿斯托法兹教授的话……那你可千万别听他说话!"

---

①米兰人习惯在人名前加定冠词,此处的"拉",即"la",为阴性定冠词。

②安德烈亚·卡米莱里,意大利当代著名侦探小说家,代表作为《陶狗》。

练 习

  试着想象一幕简单的场景，就像之前等车的那幕场景一样，然后尝试着去描写它。请你由远及近地进行描写，为了渲染出场景的气氛，你可以挑选一些你认为重要的细节来着重刻画。

  接着，请你练习写一写对话。请记住一点：如果人物之间的交谈具有目的的话，那么要设想他们具体说了什么话会变得更加容易。因此，我们建议你设定出特定的场景，这样就能给对话的发展提供一个方向了。

  比如说，人物 A 想要说服人物 B 去做某件事，可是人物 B 却不愿意，为此人物 A 努力了很久，才最终达到了目的。再比如，人物 B 做了某件让人物 A 很失望的事，人物 A 想要弄清人物 B 为什么要做这件事。请你记住，没有人是为了说话而说话的，每个人说话都带有一定的目的（除非他的目的只是单纯地为了浪费另一个人的时间），所以，一定要尽量避免那些没有任何信息价值的、毫无意义的对话。

"最好的纠错办法是：
大声朗读你写下的东西。"

第十九件物品

一张 45 转的唱片

斯拉卡巴尔迪是最先凑到盒子边寻找第十九件物品的人。

"一张 45 转的老唱片!"他宣布。

"啊,我们家阁楼里有很多这样的唱片。"吉尔达说,"爸爸和我说过,这种唱片只能装下两首歌曲,是真的吗?"

"是的,不过人们一般都只听 A 面的曲子,至于 B 面的那首……几乎没人会翻过去听。"斯拉卡巴尔迪回答,"对了,吉尔达,你们这儿有留声机吗?"

"我们之前待着的客厅里有一台,就放在角落里,如果爸爸最近没有动过它的话,那应该还在。"吉尔达一边回答,一边从斯拉卡巴尔迪手中接过了唱片。

"老天,希望他没动过!"斯拉卡巴尔迪从扶手椅上站了起来。

"呃……其实动没动过都无所谓了。"费里尼喃喃地说。

"噢,瞧……咱们的费里尼又变成悲观主义哲学家了。"斯拉卡巴尔迪嘲讽着他的老朋友。

"与其说是哲学问题,倒不如说是……电的问题!"费里尼指了指一旁的落地灯。和旅店里的其他电灯一样,熄灭的落地灯散发着一股忧郁的气息。

"哦,对!"反应过来的吉尔达遗憾地摇了摇头,"没有电,我们根本用不了留声机呀。"

说完,她凑到了一支蜡烛前,借着烛光察看唱片。

"唱片的标签褪色得很厉害,看不清上面写了什么……"吉尔达仔细地观察着唱片说道,"谁知道呢……或许是叔公最喜欢的曲子。"

"也许是他最讨厌的曲子!"斯拉卡巴尔迪补充道。

"可是,他为什么会把这张唱片放到盒子里呢?"吉尔

达问。

"让我们来分析一下吧……"费里尼坐到椅子边缘,开了口,"我们现在已经熟悉埃瓦里斯通叔公的思维方式了。这个盒子里的东西,都不是随便挑选出来的。基于这一点,我认为埃瓦里斯通叔公应该是故意选择了这张看不清标签的唱片。"

"没错。不过这样一来也就意味着,上面录制了什么歌曲其实并不重要。"斯拉卡巴尔迪指出。

吉尔达却并不太认可:"对不起,那……重要的是什么?"

"嗯,或许我们可以这么想……歌曲是什么?"费里尼反问道。

"一小段音乐!"吉尔达立刻回答道,"演奏音乐的乐器,唱歌的人……"

"对!就是这个!"斯拉卡巴尔迪叫了起来,"就像你说的,唱歌的人……也就是——声音!"

"是呀,不过……一个人可以用声音唱歌,或者用声音讲话,但不能用声音写作呀!"吉尔达提出了异议。

"你说得很对。"费里尼赞同道,"不过你可以设想一下看书时的情景。词语悄无声息地、一个接着一个从你脑海中划过。就算你不把它们读出来,词语的排列顺序也会影响你的阅读和理解……"

"你可以试着想一想,一本全是短句,句号特别多的书。"斯拉卡巴尔迪插进话来,"你读它的时候,感觉就像是在跷跷板上保持平衡一样!"

"或者一本全是复杂长句的书,那种感觉就像是在一栋巨大的建筑物里行走,随时都可能迷路一样。"

"哦,是的!有时的确会有那种感觉!"吉尔达点了点头,"可是,这些和声音有什么关系呢?"

"声音就像是……你写下的东西的镜子。"费里尼捻着胡子,慢慢地说道。

吉尔达看着他,一双眼睛睁得圆圆的。"一面镜子……"她疑惑地重复着。

"没错。"费里尼继续说了下去,"当你想检查发型是不是整齐,衣服裤子是不是相称的时候,你会怎么做?你会照镜子。同理,当你写下了什么东西,你想检查它们是不是正确时,你需要做的,就是把它们大声地朗读出来。"

"如果有什么地方不对的话,我也能像发现发型不对

那样立刻发现吗？"吉尔达好奇地追问道。

"呃，也没有那么简单……"斯拉卡巴尔迪回答。

"不过有些迹象却是很容易被察觉的：当你的朗读变得不太顺利，你的阅读节奏被打乱的时候；当你不得不跳到开头再重新读一遍，或者你觉得朗读变得吃力，不得不放慢速度的时候……很显然，你写的东西就需要斟酌了，或许有一个多余的词，或许有一句病句……相信我，吉尔达，大声朗读就像照镜子，而镜子绝对不会骗人！"

"好吧，我相信你们。"吉尔达说，"不过这么做的时候，我得确保周围没有别人。如果被人听到的话，那可真的太难为情了！"

"明智的想法。"斯拉卡巴尔迪赞同地说，"尤其是你在写侦探小说的时候。"

"啊？为什么？"

"你想想看，你大声地把凶手的最终供述读了出来，然后被人听到了……"斯拉卡巴尔迪回答道，"十分钟后，警察就会跑来敲你的门了！"

练 习

　　到现在为止,你的笔记本上应该有很多你完成的写作练习了吧?从里面选出一篇你喜欢的,然后用大声朗读的方法检验它们。

　　请你用最声情并茂的方式去朗读你写的东西。如果在朗读的时候,你觉得厘不清头绪,或者觉得语言不太顺畅,那就请你试着去找出到底是什么地方出了问题,影响了你的阅读和理解。找出来之后,请你试着进行修改,然后再一次大声朗读修改后的内容,直到一切都变得通畅为止。

"拖沓冗长的叙述会影响故事的质量，学着'切割'掉它们，只留下必要的部分。"

第二十件物品

一把折叠小刀

斯拉卡巴尔迪打了一个长长的哈欠。他本想用手捂住嘴巴,却没能起到什么作用。大张着嘴巴的他,看起来就像一头准备午睡的河马。

"抱歉。"他说道,"不过已经这个钟点了,我想我该回房间……"

"非得在这个重要的时刻吗?"他的同伴费里尼开口说道。带着点威胁的性质,咔的一声,费里尼弹出了手中的折叠刀。

"呃……"斯拉卡巴尔迪赶紧说道,"如果你非要这么

拿刀的话……我想我应该还能再保持几分钟的清醒。"

"那就再好不过了!"费里尼笑了,借着微弱的烛光,他观察着折叠刀的刀刃,"这样的话,我们至少能在上床睡觉前凑出一个整数。"

"没错……这已经是第二十件物品了。"吉尔达说,"你们知道这把刀想表达什么意思吗?"

"我猜,或许是让你用它去教训那些和你不对付,或者那些让你觉得忍无可忍的竞争对手。"斯拉卡巴尔迪调皮地回答。不过他几乎立刻就皱起了眉头,看起来像是想到了什么:"嗯……说到这个,我好像还没有写过被害人是侦探小说作家的侦探小说。"

"我们可以试试!"费里尼也陷入了沉思,"不过我想,埃瓦里斯通叔公选中这把折叠刀应该不是出于这个原因。"

"也许叔公是想告诫我,写的东西不能像刀一样让人受伤?"吉尔达提出了自己的假设,不过刚一说完,她就笑了。

"如果我们只是把刀看作武器的话,你的推测或许是对的。"费里尼回答,"不过仔细想想,刀的作用是什么?是

'切割'——切割任何东西。"

"是的!"斯拉卡巴尔迪叫道,一双眼睛闪闪发光,"厄休拉·勒古恩①也提到过这一点!"

"厄休拉……谁?"吉尔达问。

"一位美国作家,"斯拉卡巴尔迪回答,"她写过一本关于写作规范的书。"

"一位美国国籍,女性版本的埃瓦里斯通叔公!"费里尼在一旁补充道,他忍不住笑了。

"可以这么说……"斯拉卡巴尔迪也笑了起来,"在勒古恩女士的书里,她提到的最后一条原则正是——切割!"

"切割?切割什么?"吉尔达问。

"哦!就是单纯地切割而已,没什么别的!"费里尼回答,这次换作他打了个哈欠。

吉尔达疑惑地眨了眨眼睛。

"你得把那些不必要的东西通通切割掉。很多时候,你写的东西都有很多多余的成分。每个作家都会犯这种错误,比如使用不必要的、或者过于复杂的词汇,沉迷于冗长

---

①厄休拉·勒古恩,美国重要的科幻、奇幻、女性主义与青少年儿童文学作家。代表作有《黑暗的左手》及系列小说《地海传说》。

却没什么实际意义的说明和描写,等等。"斯拉卡巴尔迪耐心地解释道。

"英语里,这种情况被称作'infodump',即'信息倾销'。"费里尼插进话来,他动了动手,做了一个把什么东西扔到地上的动作,"不过用我们作家的行话来说,也有一个十分贴切的词语来形容这种情况:过度说明。"

"在这一点上,我觉得大概没人能比得过弗朗吉丽老师了。"吉尔达笑了。

"这我就得帮弗朗吉丽老师说句公道话了。身为老师,她的职责就是向学生们解释各种未知的事物。而作家就不同了,作家是在叙述。"费里尼指出。

"没错。"斯拉卡巴尔迪赞同地说,"陷入'过度说明'时,作者会一门心思都扑在信息的说明上,从而忽略掉对故事的叙述。这样单纯的信息堆砌,很显然,是不会让读者感兴趣的,而这也是为什么在一个优秀的故事里,作者总是将信息糅进描写、动作或者对话中,让信息自然流露的原因。因为这样的话,就不用再大费笔墨地单独进行说明了。"

"所以……咔!切割掉多余的信息!"费里尼一边说,一边挥舞了一下小刀,"还有那些太长的句子、不必要的描写、关于主人公所思所想或者主人公行事动机过于详细的说明……也得通通切割掉。俄国大作家契诃夫①曾经这么说过,在写完一篇文章或者一部小说后,你可以试着把开始的那几页去掉,因为那时候的你还没能'找到节奏'。而他本人也确实是这么做的!"

"唉,或许我们也应该给阿斯托法兹送一把刀!"斯拉卡巴尔迪在一旁嘀咕道。

"又是他,你们总是提到他。那个家伙究竟怎么了?"吉尔达问。而费里尼呢,一听到阿斯托法兹的名字,就又打了个大大的哈欠。

"这个问题很难回答……"斯拉卡巴尔迪叹了口气,"不过考虑到我们正在讨论刀和切割这个话题,我可以这么说,他绝对是地球上最啰唆的作家!"

"没错,不过好在他不写故事也不写小说,如果他非要写的话,那就……"就像是突然想到了什么似的,费里尼停住了。

---

①契诃夫,俄国短篇小说巨匠,杰出的剧作家,"世界三大短篇小说家"之一。

他朝自己的老朋友凑过身去，在斯拉卡巴尔迪的耳边小声说了些什么。

听了费里尼的话，斯拉卡巴尔迪笑着点了点头，接着坐直了身体。

"如果阿斯托法兹写小说的话，他很可能会这么开头……"稍作思考后，斯拉卡巴尔迪开始了他的讲述，"最后一个地球人流浪着、流浪着，在经历无休止的孤独后，他慢慢体会到了一种难以言喻的幸福。他独自一人——整个世界，只剩下了他一个人。在流浪的旅途中，他有时会停下来思考，有时又会目不斜视地奔走。在那些房间里，那些他奔走过的房间里，依旧残留着人类文明的碎片，而他，曾经也是其中的一部分。"

斯拉卡巴尔迪打了个手势，费里尼接过话头，继续说了下去。

"最后一个地球人，脑海中充斥着各种各样的问题。"费里尼声情并茂地说着，就像在朗读一本假想出来的书，"只由一个人维系的人类文明，还能存在下去吗？不，难道不是一直如此吗？人们假装自己是社会人，其实都只是为了自身的利益。现在，其他人都消失了，假装自己是社会动物的虚伪本质,也终于现形了。最后一个地球人,流浪着、思考着、沉睡着。直到一个阳光灿烂的晴天,他突然听到了一阵快被他遗忘的古老声响。他觉得,不,应该说他很肯定,有什么人正在敲着房门。"

一口气说完这段话,费里尼喝掉了杯里的最后一滴青核桃酒。

"你觉得怎么样,吉尔达?"斯拉卡巴尔迪问。

吉尔达挠了挠下巴。

"结尾挺让人毛骨悚然的,至于剩下的部分嘛,感觉就像是在念经!"

"你的感觉很敏锐!"斯拉卡巴尔迪赞许道,"事实上,'阿斯托法兹'的这一长串描写完全可以切割掉,而且还不会影响故事的核心。"

"没错。"费里尼赞同地接过话来,"其实这段描写可以浓缩成很简单的一句话:最后一个地球人听到了敲门声。"

"这样给人的感觉更恐怖了!"吉尔达打了个哆嗦,"而且……只有短短几个字!"一边说,她一边伸出手指数了一数。

"这短短的几个字,就已经足够了。"费里尼说。

"真是太天才了！"吉尔达赞叹道。

"谢谢，不过天才的不是我，也不是斯拉卡巴尔迪。"费里尼回答道，"这其实是弗雷德里克·布朗①创作的超短篇小说，后来一位名叫斯蒂芬·金②的作家对它进行了改写，将它浓缩成了六字小说！"

"我知道斯蒂芬·金！我读过他的《闪灵》！"吉尔达激动地叫了起来，不过她立刻就压低了声音，"你们千万别把这事告诉我爸。"

"在这样一个与世隔绝的小旅店里，那可是本绝佳的读物。"费里尼一边调侃，一边伸展着四肢。

"还有别的吗？像这么短的小说？"吉尔达问。

"哦，当然有。比如极具悲情色彩的'转卖：婴鞋，全新'。据传海明威靠着这部六字小说，赢得了一场赌注。不过这很有可能是后人杜撰的。"斯拉卡巴尔迪在思索了一阵后，回答道。

"我在网上还读到过这个：'您打错了电话，一个熟悉

---

①弗雷德里克·布朗，美国科幻小说作家。
②斯蒂芬·金，美国作家，编写过剧本、专栏评论，曾任电影导演、制片人及演员。代表作有《闪灵》《肖申克的救赎》《末日逼近》等。

的声音回答。'"费里尼补充道。

吉尔达瞪大了眼睛,她从没想过短短几个字就能写出一个完整的故事。尽管缺少叙述和描写,但这些无疑都是独立的故事。

"这就是为什么人们总说'Less is more'(少就是多)了!"斯拉卡巴尔迪虽然还说着话,眼皮却打起了架,似乎随时都可能合上。

同样被睡意纠缠的费里尼费了好大的劲才从椅子上站了起来。

"好了!"在打了个大大的哈欠后,他开口说道,"聊完一句话小说,我现在只剩下一部两字小说想要对你们说了:晚安!"

练 习

请你试着——或者最好和朋友们一起——去创作一些"一句话小说"。通过短短的几个字就要达到煽情并引人联想的效果。(伤感的、滑稽的、神秘的、紧张的,甚至让人觉得自相矛盾的风格都可以,随你喜欢!)你能完成这个挑战吗?

如果在第一次尝试时你觉得很困难,就多试几次。有时候,只要更换一个词语,或者调换句子中词语的顺序,就能达到你期待的效果了!

此外,还有第二个练习:翻阅你的"见习作家笔记本",从中选出一篇你创作的篇幅最长的作品。请你重新阅读它,一旦你觉得有什么地方多余,就请你把它给"切割"掉。完成之后,请你将老版本和新版本进行对比,看看你更喜欢它们中的哪一个,为什么。

"故事完成了？可是你的工作并没有就此结束！还有很多地方等你去修改润色。"

第二十一件物品

一把指甲锉

一回到房间,斯拉卡巴尔迪就解开了衬衣的袖口。

摸索着绕过宽大的床铺,斯拉卡巴尔迪朝盥洗室走去。借着烛光刷牙并不是一件容易的事情,却别有一番新鲜的趣味。洗漱完毕后,斯拉卡巴尔迪回到卧室,他吹灭蜡烛,坐在床沿儿上。可正当他懊恼地想起自己并没有带上睡衣时,却听到有什么人在轻敲着房门。

斯拉卡巴尔迪起身应门。站在门外的是吉尔达,她一手举着蜡烛,另一只手上拿着一把指甲锉。

"哦,谢谢……"斯拉卡巴尔迪迟疑地说道,"不过,虽然我确实比费里尼那头懒熊要讲究,但我想这东西我暂时用不上。"

"不是的,斯拉卡巴尔迪先生……"吉尔达看起来有些犹豫。

过了好几秒钟,昏昏欲睡的斯拉卡巴尔迪才一拍脑门儿顿悟道:"我知道了!这是第二十一件物品,对不对?"

"没错!"吉尔达轻声答道。

"而你呢,不弄清为什么这个指甲锉会出现在盒子里,是没办法安心睡觉的……"

"是的,可是……"

"可是你不想被爸爸发现你没有乖乖睡觉,又跑来找我了!"

吉尔达笑了起来,她点了点头。

"别担心,我完全理解你的心情!我读过很多书,里面至少有一半都是躲着父母,趁着睡觉时间偷偷读完的。我现在也经常背着我妻子,躲在被单下读那些电子书!"斯拉卡巴尔迪笑着说。他发现走廊的尽头摆着一张小桌子和两把椅子,于是领着吉尔达走了过去。

"不过我们得先说好,就这把指甲锉……说完就回去

睡觉,好吗?"

"谢谢,斯拉卡巴尔迪先生!不过这看起来只是一把指甲锉而已呀,它能有什么用呢?"

"一般我们用指甲锉来做什么?"

"嗯,用来磨指甲!"吉尔达耸了耸肩,回答道。

"在磨指甲之前,我们会做什么呢?"

吉尔达双眼一亮。

"剪指甲!"

"正确!"斯拉卡巴尔迪回答,"每次修剪完指甲后,都会留下一些不太平整的地方,这时候就需要用指甲锉来耐心地打磨,一直打磨到指甲变得光滑为止。"

借着烛光,吉尔达打量着手中的小锉刀。

"作家的指甲,指的难道是写在纸上的故事?"

斯拉卡巴尔迪点了点头:"等到一切完工后,就轮到指甲锉上场了。你写完故事,通过大声朗读来检查错误,切割掉多余的部分……可就算是这样,故事里可能还存在着某些问题,或许是一些小的错误、一些疏漏或重复的地方,或许是一些因为你的思路不连贯,而用得不太恰当的字词。除此之外,可能还会有很多别的不流畅的地方,你得用'指甲锉'把它们通通打磨光滑。"

"可如果我就想写一篇……有棱角的故事呢?"吉尔达问。

"你想写什么完全由你自己决定,不过不管是哪种情况,都需要用上指甲锉!你甚至可以用指甲锉去把那些有棱角的地方打磨得更加尖锐、锋利。"斯拉卡巴尔迪笑着回答。"不过等你变成一位出名的作家,情况或许会有些改变。"他又补充道。

"那时候就不需要指甲锉了吗?"吉尔达好奇地追问道。

"并不是,到那时,职业美甲师就会闪亮登场了。"斯拉卡巴尔迪俏皮地回答。

"啊?"

"如果你是一位有名的作家,你的出版商就会委派一名专业人士来协助你,替你完成作品的打磨工作。这样的人我们称之为编辑。可以说他就是你作品的'美甲师'。他会仔细阅读你的作品,整理并修改你写下的内容,给你提出参考性的意见,或者一些可以添入作品的新内容……"

"可你们之前还告诉我说,要学会把多余的东西切割

掉！"吉尔达立刻指了出来，她可没忘记之前的那把折叠小刀。

"有时候你可能会切割得太多，亲爱的吉尔达。"斯拉卡巴尔迪回答，"而编辑呢，他了解你的创作思路，他会帮助你，让你的故事变得尽量完美。"

"我不知道该怎么说……"吉尔达喃喃低语，"不过这个人，他会不会把我写的一些东西也一起修改了？"

"哦，是的，甚至可能会进行整个章节的修改。不过那些都只是建议而已，你才是作者，到底接不接受，决定权在你手上。"

"那如果我不接受呢？"

"你可能就要冒很大的风险了！因为出版商很可能会告诉你，如果你不那么改的话，他们就不会考虑出版你的书了。"

"呃，说到底就是强迫人接受嘛！"吉尔达不满地说。

斯拉卡巴尔迪沉默了好一会儿，才又开了口："我给你讲讲我的经历吧。在我还很年轻的时候，一个出版商和我约稿，让我完成四部小说。在写完其中两部后，我把稿子交给了出版商，出版商又把稿件委托给了一位女编辑。等到那位女编辑把稿件还给我的时候,我发现她几乎把所有地方都修改了一遍!大段删除掉的、大段增添上的……每一页都被改得面目全非,根本看不出原来的样子!"

吉尔达瞪大了眼睛:"那你呢,你有什么反应?"

"我哭了!"斯拉卡巴尔迪回答,"我觉得我不会再当作家了。我才刚出版了一本书,新完成的这两部作品是我的得意之作,可是却被改成了那样。哗!竹篮打水,什么都没有了!"

一边说着,斯拉卡巴尔迪一边透过窗户向外望去。窗外夜色深沉。

"我很生气,非常非常生气!那个女编辑,她凭什么这么做?!那种感觉就像是朝着我的脑袋开枪,把我给处决了一样!当时我真的恨不得干掉她……"

"然后呢?"

"然后我送给她一瓶香水!"

吉尔达打了个寒战:"你对她……下毒了?"她瞪大眼睛看着斯拉卡巴尔迪,悄声问道。

"怎么可能……是我妈妈的主意,她去城里买了瓶香水给我。她建议我写一封信,感谢那位女编辑为我的书所

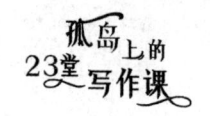

做的工作,并向她请教做出那些改动的原因,然后让我把写好的信连同香水一道寄了出去。"

吉尔达忍不住笑了:"你想干掉那个女编辑,可是你妈妈却建议你送她一瓶香水?"

"没错!"斯拉卡巴尔迪也忍俊不禁,"很快,那位女编辑就打来了电话。她来到我家,向我详细地解释了做出那些修改的原因。然后,你知道结果如何吗?"

"怎么样?"

"很多改动,不,甚至可以说几乎是全部,都是正确的!我在创作的时候,写得实在是太急太快了,以至于我的书需要狠狠地打磨一番!"

"还好!至少最后你没有真的干掉你的编辑。"吉尔达调皮地笑了。

"是的。不过对于每一位作家来说,可能不定时地都会有想要干掉自己编辑的冲动,这种情绪是在所难免的,而且是相互的,对于编辑来说也同样如此。"

"然后呢,遇到这种情况要怎么办?"

又打了个似乎停不下来的大哈欠,斯拉卡巴尔迪回答道:"去好好地睡上一觉!就这么办!"

练 习

　　或许你没有意识到，其实在你的身边也存在着类似编辑这样的人物：在修改你的作文时，你的语文老师不正像一位编辑吗？从今往后，请你留意他在你的作文上做出的改动，并试着去理解原因，以便提升自己的写作水平。你的错误主要出在哪里？是错别字太多，还是需要改进写作风格？试着去理解你的老师为什么会提出那些建议，并把你认为最正确的建议写在笔记本上。

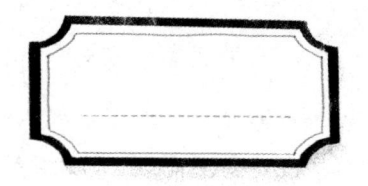

"在阅读一本书的时候，你最先读到的是什么？是标题。这就是它会如此重要的原因。"

第二十二件物品

一张空白的标签贴

"真奇怪!"裹在柔软的浴衣里,费里尼暗自想道。他似乎听到有笑声从走廊传来,可是整个旅店里就只有他和斯拉卡巴尔迪两位客人哪。

难道是幻觉?

这个念头一冒出来,费里尼就再度陷入了沉思:一个人觉得自己看到了某件实际上并不存在的事物,叫作"出现幻觉",那如果是听到了某些并不存在的声音呢,应该叫什么?为什么意大利语中就没有类似"出现幻听"这样的表达方式呢?

"看样子真该上床睡觉了,脑子里居然全是这些怪念头!"费里尼自言自语。

就在这个时候,他听见有人轻轻敲了敲房门。

"难道我真的出现幻听了?"这么想着,费里尼头也不回地继续朝床铺走去。

可是敲门声又响了起来。费里尼不得不从床上坐起来,前去应门。他将门拉开一条缝,透过门缝,他看到了朗比科迪旅店小主人充满活力的大眼睛。

"怎么了?"费里尼问道。他并没有打开门,而是谨慎地让自己待在门后,毕竟他现在只穿着一件浴衣。

"打扰您了,费里尼先生,可是……"吉尔达开了口,她十分努力地让自己表现得腼腆又礼貌。

"还记得你叔公的小刀原则吗?"费里尼说,"直奔主题就好了……所以,说吧!"

吉尔达没有回答,而是从门缝里递进来一张标签贴,接着一脸期待地望着费里尼。

"我这是……被贴上标签了吗?"费里尼笑了。

"是的,费里尼先生!解谜大师的标签!"

"还有旅店客人这个标签——一个特别渴望睡觉的

客人！"

"只用一分钟就够了！"

"一分钟？做什么？"费里尼问。

"和我说一说这个什么也没写的标签贴是用来做什么的,它是第二十二件物品！"

"哦！"费里尼恍然大悟,不禁又看了那张标签贴一眼。标签贴是白底的,边框是黑色的,正中靠下的位置画着一道虚线。这就是那种最常见的、经常贴在罐子或者盒子外面、用来提示里面装了什么的标签纸。

吉尔达说得很有道理,这一次,埃瓦里斯通叔公留下的谜题并不难猜。

"是标题。"费里尼简明扼要地回答道。

"标题？"

"没错。当你完成一个故事,合上笔记本或者关掉文档后,如果你还没有给它起名字的话,你就要为你的故事想一个好的标题了。"话说到这里,费里尼却突然停住了,"不对,或许不……"

"或许不？"吉尔达不解地追问道,"难道我要想一个不好的标题？"

费里尼沉吟着,他微微皱起了眉头:"不用太在意标题究竟是'好'还是'坏',我们需要做的,是找到一个……'有效果'的标题。对,没错。有效果的。这样就可以了。"

可是吉尔达却将信将疑。"要是能有一本教人怎么取标题的书就好了。"她喃喃地说道。

"那种书是不可能存在的,因为一个标题是不是有效,是需要放到具体环境中考量的。不过,如果一个标题真的有效,你在朗读它的时候,多少是能听出来的!"一边说着,费里尼一边从门后又探出了些身子。

"真的吗?"费里尼的一番话让吉尔达深受触动。

"当然!而且有时候,最简单的恰恰是最有效果的。比如说伯内特①的《秘密花园》,这个标题之所以效果很好,就是因为在短短的四个字里,它就告诉了你一切!"

"一切?"

"是的,它告诉了你故事的核心:一个秘密花园。而这也是它有效果的原因。"

"然后呢?"

---

①伯内特,英国著名儿童文学作家,代表作有《秘密花园》《小爵士》《小公主》等。

"然后还有很多复杂但又十分合理的标题。这种类型的标题里,我最喜欢伊塔洛·卡尔维诺①的《通向蜘蛛巢的小径》。"

"真好听!"

"看到了吧,你立刻就能意识到这个标题是有效果的!在开始阅读前,你不知道这个标题想表达什么意思,可是它听起来很棒,一下就引起了你的好奇心。可以说,这是另一种'有效果'的标题。"

"然后呢?"吉尔达紧追不舍,此时的她已经被这个话题深深地吸引住了。

"然后,你觉得《篱笆墙外的黑暗》这个标题怎么样?"

"哇,这个感觉也好棒!"

"这是个很有趣的例子,因为这部小说原本的标题是《杀死一只知更鸟》(*To Kill a Mockingbird*),用英语读起来很有美感,可是直译成意大利语的话,就不那么好听了。"

"还是《篱笆墙外的黑暗》听着更舒服。"

"没错!翻译这本书的人也察觉到了,如果按照英文版

---

① 伊塔洛·卡尔维诺,意大利当代作家,代表作有《分成两半的子爵》等。

本逐字翻译的话,是没什么出路的。于是他做了一些改动,而且这个改动非常成功。"

吉尔达赞同地点了点头。她以前从没有想过,好的标题竟然会像鱼钩一样:你的想象力会被钓起来,继而萌生出一种去阅读那本书、一探究竟的冲动。

"然后呢,还有吗?"吉尔达锲而不舍地追问道,她想要听到更多迷人有趣的标题。

"伊塔洛·卡尔维诺还有一本书,标题取得也很妙,叫作《如果在冬夜,一个旅人》。"说着话,费里尼打了个哈欠。

"真棒!"吉尔达由衷地赞叹道。

"不过我觉得这个标题应该补充完整,变成《如果在冬夜,一个旅人,他困得要命,并且十分渴望上床睡觉》。"

吉尔达笑了。

"如果是那样的话,虽然我一点儿也不困,我还是会向那个旅人道晚安,然后回到自己的房间!"

费里尼也笑了起来。在半明半暗的光影中,两人互道了晚安。吉尔达轻手轻脚地离开了,朗比科迪旅店终于陷入了一片寂静。

练 习

  终于到了标题练习的时间。简单利落的标题、惹人遐想的标题、滑稽离奇的标题:什么样的标题都可以,请尽情放飞你的想象力!

  不过有一个小小的建议:尽量不要去取那些过于"诗意化"的标题,像阴影、芳香、微风这样的字眼,已经被太多太多的人使用过了!

  取出好标题的方法或许并不存在,不过你可以借助耳朵的帮助。一个好标题听起来应该是悦耳的,它会从耳朵钻进你的脑袋,激发你的好奇心,让你产生一种想要去阅读它背后故事的意愿。

  除此之外,还有一个小练习:找出一些你读过的书,试着替它们重新取一个标题。说不定在不经意间,你就取出了一个更好、更恰当的新标题!

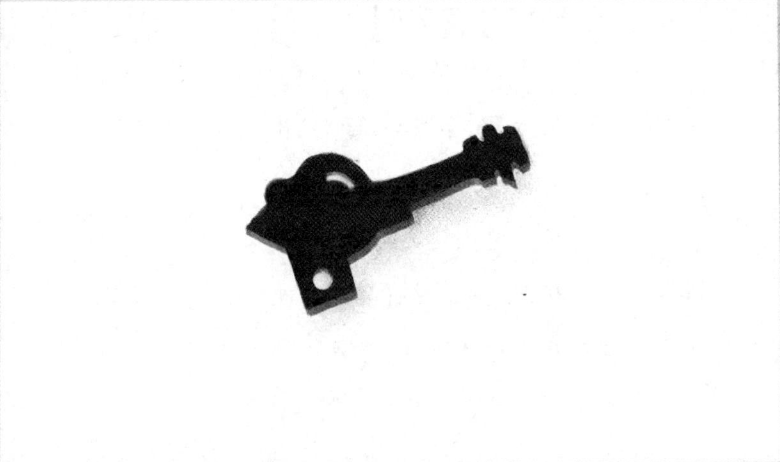

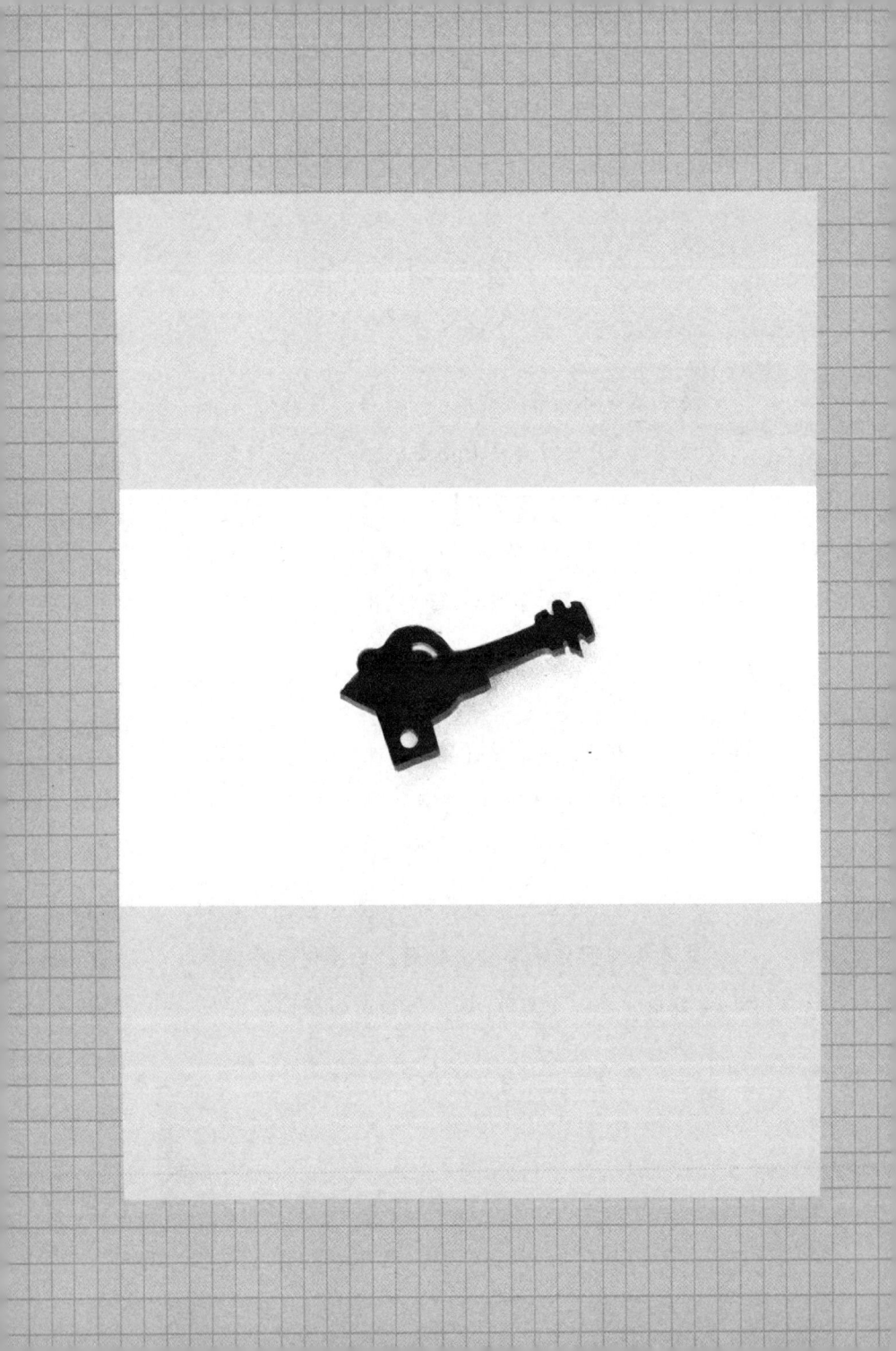

第二十三件物品

一件难以解读的奇怪物品

席卷小岛的"恶风"在夜里悄然退去了。第二天清晨,阳光透过窗帘,调皮地溜进了朗比科迪旅店的客房。刚出炉的面包、烤饼和奶油蛋糕的香味更是顺着门缝钻了进来。两位作家迅速洗漱一番,心情愉悦地坐到了餐桌前。

电视新闻正报道着昨晚的球赛,两支队伍最终以零比零握手言和,而这也让两位作家放下心来,毕竟说到底,他们也没有错过太多东西嘛!

安瑟默先生端来了咖啡和两小篮面包,各式各样的面包散发着香气,让人食欲大增。

"啊！"咬了一口烤饼，费里尼满足地叹了口气。

"嗯！"斯拉卡巴尔迪一边忙着品尝手中的羊角面包，一边发出了快乐的感叹。

虽然没有说话，不过此时此刻，两位作家的脑海中都在想着同样的事：快活的时光已经结束，他们马上就要回到往日忙碌的生活中去了——永远也写不完的稿子，像河水一样源源涌来的邮件，还得应付催稿的编辑，忍受和律师枯燥的会谈，以及一大堆烦人的家务事，比如时不时就会耍性子罢工的热水器，和总是滴答漏水的水管……

费里尼和斯拉卡巴尔迪又要了一壶咖啡。

因为是周末，吉尔达不用去上学。两位作家看到她手捧着一大杯果汁，朝餐桌走了过来。

"早安！"

"早安，吉尔达！"费里尼和斯拉卡巴尔迪异口同声地回答。

这时，窗外传来了一阵汽笛声。

"这是渡轮来了。"正给客人们倒咖啡的安瑟默先生说道，"船会在半小时后出发，如果先生们不想等三小时后的下一班船，最好抓紧时间！"

"唉,真是遗憾……"费里尼叹了口气,他瞧了一眼窗外,"偏偏这个时候天气好了起来!"

不过两位作家知道,他们已经不能再多逗留了,只能三两口就喝光了咖啡。

"真的太遗憾了……"一旁的吉尔达也十分沮丧。

"别这样,打起精神来!"斯拉卡巴尔迪宽慰着她,"我们已经知道朗比科迪旅店有多棒了,我和我的朋友费里尼会很快再来的,我保证!"

"太好了,一言为定!不过,有件事……"吉尔达露出了犹豫的神色。

"怎么了,有什么不对头的地方吗?"费里尼问。

"嗯,说实话……"吉尔达回答道,"其实还剩下最后一件东西,第二十三件物品!"

说着,她把什么东西放到了餐桌上。

两位作家探过身去,打量了起来。

"啊!这个嘛,我觉得应该是……"费里尼转了转眼珠,没有继续说下去。

"是……是个……是个什么东西!"斯拉卡巴尔迪帮他说完了。

事实上,很难说出那究竟是什么东西。那个东西很小,是黄铜做成的,形状是不规则的长方体。除此之外,就再也瞧不出别的什么来了。

费里尼和斯拉卡巴尔迪对视了一眼。

偏偏在这个时候,渡轮的汽笛声再次响了起来,似乎是在催促两位作家抓紧时间。

"我觉得埃瓦里斯通叔公给你留下这个没办法解读的东西,或许是为了设计一个开放式的结局。"费里尼捻着胡子,提出了自己的假设。

吉尔达朝他投去了疑惑的目光。

"是的,那种实际上并没有真正结局的结局。它不会告诉你答案,而是会留下悬念,让你自己去探索和猜测。"斯拉卡巴尔迪解释道。

"嗯……"听了两位作家的话,吉尔达若有所思。

"你需要不断地去探索,磨砺自己的才华,这就是你的叔公想要告诉你的事。"斯拉卡巴尔迪简短地总结道,从椅子上站了起来。

"没错,应该就是这个意思。"费里尼赞同地说,也跟着站了起来。

"什么应该,肯定就是!"斯拉卡巴尔迪重申着自己的观点,"该出发了,你准备好了吗,费里尼?"

"是的,你呢?"

"早就准备好了!"斯拉卡巴尔迪回答,他步履轻快地朝电梯走去。

可是他很快就意识到,在场的所有人都在盯着他的鞋看。

"真见鬼!"视线刚一落到自己的鞋上,斯拉卡巴尔迪就叫了出来。

昨天的那场大雨让他那双漂亮的麂皮靴沾满了泥。

"如果您需要的话,我们这里有擦鞋机。不过因为来的客人基本上都穿运动鞋,平时不怎么用得到,所以我们就把它收到楼梯下的储物间里了。"安瑟默先生一边说,一边指了指餐厅外的某个方向。

"棒极了!只需要擦上那么一下,一切就都解决了!"斯拉卡巴尔迪话还没说完,就已经飞快地向储物间冲了过去。

"斯拉卡巴尔迪先生?那下面很黑,请您稍微等等,我去……"朗比科迪旅店的主人,安瑟默先生不放心地说道。

可是斯拉卡巴尔迪的声音却从走廊远远传来,打断了他:"没事!不用担心,我自己能行……"

大约十秒钟后,一阵咒骂声突然响彻了旅店。

"斯拉卡巴尔迪先生!"吉尔达朝储物间飞奔而去,费里尼和安瑟默先生紧跟在她身后。

灯亮了,究竟发生了什么也变得一目了然。在储物间里摸黑儿找东西的斯拉卡巴尔迪撞上了一个高高的架子,架子上的一个马口铁盒掉了下来,正好砸到了他的头上。而我们那位倒霉的作家,此刻正用手拼命地揉着自己的脑袋。

"您别动!我马上去拿急救箱!"安瑟默先生焦急地说道。

"没事的,只是……"斯拉卡巴尔迪嘟哝着。

"是钥匙!"费里尼突然插话道,他刚从地上捡起了那个马口铁盒。

"啊?!"在场的其他人发出了疑惑的声音。

"第二十三件物品!是这个盒子的钥匙!"费里尼指了指挂在盒子外面的那把锈迹斑斑的锁。和作家的盒子一样,这个盒子也是红色的,不过看起来更加老旧一些。不过即便如此,在盒子的一角还是能清楚地看见用刀尖刻下的"E"和"L"两个大写字母,这两个字母正是"埃瓦里斯通·朗比科迪"的首字母缩写。

"真的是这个盒子的钥匙吗?"吉尔达问道,一双眼睛紧紧盯着费里尼手中的铁盒。

"把它拿过来试试不就知道了吗?"斯拉卡巴尔迪提议道,这个出乎意料的发现让他把刚才的砸头事件彻底抛在了脑后。

吉尔达很快就回来了,手里拿着那件古怪的第二十三件物品。费里尼把它接了过来,在一番尝试后……

咔嗒!

锁弹开了。费里尼揭开盒盖,里面装的是……

"一个笔记本!"吉尔达惊讶地叫道。

费里尼从盒里取出笔记本,走到了光线比较亮的地方,仔细察看起来。

尽管渗进盒里的雨水在笔记本上留下了大片水渍,但还是能看出这是一本很老的笔记本。本子的内页依旧完好,每一页都密密麻麻地写满了字。

"那上面写的是什么?"斯拉卡巴尔迪问道,他指了指

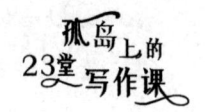

笔记本封面上贴着的标签,那个标签的模样和第二十二件物品完全一样。

费里尼试着去读上面的内容,可是雨水却把一部分字迹染成了泛着毛边的蓝色晕圈。不过在标签的底部,还是能依稀辨认出几个字来。

"这是埃瓦里斯通·朗比科迪的……"吉尔达激动地读道。

她抬起头,视线和两位作家碰撞在一起。和她一样,这个发现也让费里尼和斯拉卡巴尔迪十分兴奋。很显然,本子里的内容应该是埃瓦里斯通叔公多年前写下的某个故事。

"啊!"吉尔达一脸渴望地注视着泛黄的笔记本,说道,"我已经等不及去读它了!"

练 习

  我们也迫不及待地想读一读埃瓦里斯通叔公笔记本上的故事,而写下那个故事的人……就是你!请充分运用你的想象力(以及到目前为止你学到的所有写作技巧),写出你认为吉尔达将会在那本泛黄的笔记本上读到的故事。

  你可以自己独立完成创作,也可以让朋友或者同学协助你。故事的长度最好在两到三页纸之间。费里尼和斯拉卡巴尔迪已经准备好拜读你的大作了!